講談社文庫

Propose《プロポーズ》 告白は突然に

ミステリー傑作選

日本推理作家協会 編

講談社

目次

許されようとは思いません

芦沢《あしざわ》 央《よう》

1984年、東京都生まれ。千葉大学文学部卒業。大学卒業後、出版社勤務を経て、2012年、『罪の余白』で第3回野性時代フロンティア文学賞を受賞しデビュー。選考委員の山本文緒氏から、「著者の只事ではないエネルギーを私は感じた」と激賞される。「好きな作家を3人挙げて」という質問で4番目につけ足されるような作家に、というのは受賞時の弁。スティーヴン・キングや、小野不由美の「十二国記」シリーズなどに感銘を受けてきた、と語る氏の作品には、〝人間の業〟をあぶり出すようなものが多い。(Y)

支線へ乗り継いでひとつ目の駅を離れると、途端に景色が山深くなった。深緑色、若草色、苔《こけ》色、鶯《うぐいす》色、松葉色、老竹《おいたけ》色——濃淡様々な緑がモザイク模様を描き、その中心を割るように海老茶色の線路が延びている。建物や看板といった国や地域を限定させるものが一つもない光景は、私が育った都内の住宅地のそれとはかけ離れているにもかかわらず、郷愁を呼び起こさせる。ただし、この光景が原体験にあるというわけでもない。そもそも私が電車でこの檜垣《ひがき》村を訪れるのは初めてのことなのだ。

十八年前、祖母が生きてこの村で生活していた一九七九年までは、毎年必ず盆と正月にこの村に来ていた。だが、私は父親が運転する車の後部座席で微睡《まどろ》んでいるだけだった。いつも気がついたら辿り着いている場所だった祖母の家には現実感がなく、自分が暮らす東京と地続きだとはとても思えなかった。

そこに今、自分の足で電車を乗り継いでやってきたのだということが不思議な気がする。行くにも帰るにも一日がかりだった場所が、数年前に山形新幹線が開業したことで半日で行けるようになったのだと思うと、手品の種を知ってしまったときのような、妙に拍子抜けした心持ちがした。

「何か、この線路の上を歩いて行くと死体でも見つかりそう」

花粉と虫の死骸で薄汚れた窓に額を押しつけて水絵《みずえ》が言い、それで私はようやくまやかしの郷愁の正体に気づいた。私は単に「夏、田舎、線路」という組み合わせから、少年たちが線路伝いに歩いて死体を探しに行く名作映画を連想していただけなのだ。

「たしかに」

私は短くうなずき、車窓から水絵へと視線を滑らせる。期待を貼りつけたその横顔に苦笑した。

「言っておくけど、楽しみにするようなものは何もないよ」

念を押したつもりだったのだが、水絵は目を輝かせたまま窓から両手を離さない。

「ここでの娯楽はパチンコかテレビくらいだ」私がつけ加えると、

「ああ、さっきの『コンホ』」

水絵はようやく窓から顔を引いて振り向いた。彼女が口にしたのは、つい先ほど過ぎたばかりの駅舎にあったパチンコ店の看板だった。おそらく店名は「コンボ」なのだろうが、文字がかすれて濁点が取れ、うらぶれた田舎という印象を強めていた。

「むしろコンホには入ってみたいくらいだけど」

「やめておけ。地元民から質問攻めにされる」

水絵は屈託なく笑ったが、私は冗談を言ったつもりはなかった。都会の空気を丸出しにした若い女性が足を踏み入れようものなら、実際に声をかけてくるかどうかはともかくとしても確実に注目を一身に集めることになるはずだ。どこから、何のために来たのか、地元の誰と繋がりがあるのか、いつまでいるつもりなのか——この辺りの人間は、それをひどく気にする。

「いいよ、訊かれたら諒《りょう》ちゃんの生まれ育った場所を見に来たんだって答えるから」

「育ったわけじゃないって。本当にただ生まれただけだし、特に見るものなんかないよ」

私は慌てて訂正した。別に慌てる必要はないのだが、何となく檜垣村で幼少期を過ごしたと思われたくなかったのだ。

実際、私にとって檜垣村は母の実家がある土地という以上の意味を持っていなかった。この村の助産師に取り上げられたのだと言われたところで覚えがあるわけでもないし、母が里帰りをしていたのは私が生後ひと月になるまでに過ぎなかったのだから。

「大丈夫、わたしにとっては諒ちゃんが生まれた場所だっていうだけで特別だから」

水絵は柔らかく微笑み、私は黙り込んだ。もちろん不快に思ったわけではない。ただ、こうして真っ直ぐな言葉を向けられるとどう反応すればいいのかわからなくなってしまうだけだ。生来の無愛想な顔立ちとも相まって「何を怒ってるの？」と訊かれることも多いが、さすがにつき合いの長い水絵は真意を汲《く》んでくれたのだろう。「そう言えば諒ちゃんって赤ちゃんの頃も眉毛太かったの？」などと弾んだ口調で続けている。けれど水絵が本当に浮かれているわけではないことも、同じくつき合いの長い私にはわかった。彼女が先ほどから陽気な調子で話しているのは、私の気分が沈みがちなのを察しているためだということも。

——やはり、結婚するのであれば水絵のような人がいいのだろう。

改めて考えてから、私はここ数日結婚という単語がたびたび意識に上っていることを自覚してうろたえた。水絵は私の様子がおかしなことには気づかずに車窓を眺め続けている。いや、気づかないふりをしてくれているだけだろうか。

水絵から『見てこれ、また結婚式』と言って招待状を見せられたのは先週末のことだった。

『二十五歳になる前にラッシュが来るって本当だったんだね』

水絵は感心したように言うと、眉尻を下げた。

『この半年で五回目だよ？　もう完全にご祝儀貧乏』

こちとら売れ残りのクリスマスケーキ確定なのにねえ、とおどけた口調で言ってから、顔をくしゃりとしかめる。

『あ、今のなし』

『どうした』

『いや、我ながらいやらしかったと思って』

『何がだ』

『今ね、結婚を切り出してほしくてさりげなく結婚式の話題を出してアピールしようとしたわけ。でも何かそういうのって気持ち悪いじゃない。だからこの際訊いちゃうけど、諒ちゃんってわたしと結婚する気あるの？』

水絵は口早に言葉を重ねた。私はその速度と、何より「結婚を切り出してほしくて」というセリフに動揺し、間抜けにも『結婚？』と聞き返してしまう。

水絵はアピールという表現を使ったが、鈍感な私にはまったく伝わっていなかった。水絵は結婚式に招待されることが多くて大変だな、と言葉の通りに受け取っていたのだ。

　そうした意味では、「さりげなく」というのをやめてはっきりと尋ねてくれたのはありがたいのだが、私は咄嗟に答えることができなかった。

　自分とて水絵との結婚を夢想してみたことがないわけではない。友人の結婚式に行けば新婦の姿に水絵の花嫁姿を連想したし、周囲からまだ結婚しないのか、早くしたらどうかとせっつかれるたびに、それもそうだなと考えてきた。

　何せ、私たちが交際を始めてから今年で四年だ。お互いを知り合うには充分な期間だし、私としては水絵に対して不満があろうはずがない。明るくて聡明で気遣いができ、しかもこの私を好きだと言ってくれるなんて奇跡のような存在だということはわかっている。彼女を逃せば私が結婚できることはないだろうとも。

　だが、それでも私は「水絵と結婚したいと思っている」という言葉を口にできなかった。

　水絵は私が言葉に詰まるのを見ると、『まあ、ちょっと考えてみて』といつもよりもさらにさばさばした調子で切り上げ、そのまま別の話題へと移っていった。

　それからの一週間、私は折に触れて返答を考えているものの上手く言葉でまとめることができないでいる。

いや、一番大きな理由ははっきりしているのだ。

——私の祖母が殺人犯だったからだ。

その事実が私を結婚の前で躊躇《ちゅうちょ》させているのは明らかだった。だが、そう水絵に答えることができないのは、それが理由のすべてではないこともわかっているからだ。祖母が人を殺したことがあるというのは、既に水絵にも伝えている話だ。水絵は関係のないことだと言ったし——『あなたのお祖母さんがしたこととあなたは関係がない』と言ってくれた人はそれまでにも何人かいたが、『あなたの事情と、わたしがあなたを好きな気持ちには関係がない』と断言してくれたのは彼女が初めてだった——彼女は実際にその後も態度を変えることはなく、それから二年が経つ今も私とつき合い続けている。

何より、そのことを知りながら結婚を切り出してきたのは彼女の方なのだ。そうである以上、祖母の罪を理由に二の足を踏むのは理のないことなのだろう。だが、祖母のことがなければこれほど躊躇《ため》らうことはなかっただろうとも思う。私は——水絵は本当のところ結婚というものについてわかっていないのではないかという気がしてしまうのだ。

水絵は私を好きでいてくれている。一緒にいたいから、これまでも交際を続けてきたし、これからもそうするという意味で結婚を考えているのだろう。あくまでも交際の延長線上に続いている話で、違いは紙切れ一枚に過ぎないのだと。

だが、私にはどうもそうは思えないのだった。他人同士が家族になり、新たな家族を作るということ。そこには交際関係とはまったく違った意味があるのではないか。

もし私たちの間に子どもが生まれれば、その子は生まれながらにして殺人犯の曾孫になる。──それだけではない。そもそも、祖母は祖父と結婚することがなければ、殺人犯になることもなかったのだ。

「あ、見えてきた。あれだよね？　檜垣駅」

水絵の声にハッと我に返ると、『まもなく檜垣駅ー、檜垣駅です』というしわがれた声のアナウンスが耳朶を打った。

私はデイパックを抱える腕に力を込める。

──もうすぐ、祖母が暮らしていた村に着く。

電車を降りた瞬間、腕の中の祖母の骨壺が、微かに重みを増したような気がした。

檜垣駅で車で来る母と合流することになっていたのだが、母は約束の時間になっても現れず、水絵に携帯を借りて母の携帯にかけても繋がらなかった。

「いつまでもここにいても仕方ないし、とりあえず先に寺に向かうか」

私が流れ落ちる汗を拭いながら提案すると、水絵も水筒のお茶をあおって「そうだね」とうなずく。

けれど、小さな木造の無人駅にはタクシー乗り場はおろか客待ちしているタクシーも見当たらない。

「直接タクシー会社に電話して呼ばないといけないかなあ」

水絵は携帯を見下ろして言った。

「来るまでにどのくらいかかるかはわからないけど」

続けられた言葉に、私はうんざりと空を見上げた。熱くべたついた空気、じりじりと肌を焼く刺すような陽光——どこか店に入って休みながら待とうにも、その店がない。草藪に紛れるようにしてポツポツと点在する民家はどれも平屋か二階建てで、所狭しとマンションが立ち並んだ住宅街や高層ビル群を見慣れた目には落ち着かなかった。

「あ、でもバスがある」

ぼんやりと立ち尽くしていた私の横で、辺りを見渡していた水絵が声を上げた。

指さされた先には、たしかにバス停の看板がある。時刻表にはほとんど数字が並んでいないことは遠目にもわかったが、幸いにも目的のバスは五分後に来るようだった。

背もたれが錆びて割れたベンチに腰を下ろしかけ、あまりの熱さに息を呑んで立ち上がる。仕方なくデイパックだけを置いて傍らに立つと、水絵はデイパックを見下ろしながら何気ない口調で「そう言えば」とつぶやいた。

「お祖母さんってどういう人だったの？」

「ああ——優しい人だったな」

私は思い浮かんだ通りに口にしてから、世間一般にはそう認められることはないだろうと思い至る。殺人を犯したという過去を持つ人間には、優しい人という表現はそぐわない。だが、私にとっては優しい人という言葉が祖母へ抱く印象のほとんどすべてなのだ。

祖母は私が遊びに行くといつも食べきれないほどのご馳走を用意してくれていた。ハンバーグに唐揚げ、カレーライス、ケーキ、アイスクリーム——どれも六十代の祖母と九十代の曾祖父だけが暮らす家では食べないものばかりだったはずだ。祖母はくしゃりと目尻に皺を寄せ、「諒一《りょういち》は食いっぷりがいい」と何度も言ってくれた。のんびり屋で引っ込み思案、日頃から覇気がないと叱られることが多かった私にとっては褒められることの方が珍しかったので、何だかくすぐったいような気がしたのを覚えている。

父方の祖父母のところは昔ながらの厳しい家で、遊びに行っても『勉強は頑張っているか』とばかり訊かれていたから気が抜けなかったが、母方の祖母は底抜けに私を甘やかしてくれた。好きなものを好きなだけ食べてよかったし、行儀作法について注意されたことも一度もない。

「母親なんかは、どうしてそうやって甘やかすの、わたしがいつも頑張って躾けているのに台無しじゃないって怒っていたけど、『おめぇがしっかり躾けっだのは諒一ば見ればわがるったな。おめぇも諒一もいい子だ』って言ってニコニコ笑うんだよな。そう言われたら調子に乗って悪さをするわけにもいかないだろう？　母さんの顔も立てないとなんて思ったりして、結局自分からお手伝いするとか言い出してたな」

「お母さんのために頑張ったんだから実際いい子じゃない」

水絵が微笑んだところで、バスが重いエンジン音を上げながら姿を見せた。これで涼しい場所で一息つける、と思った途端に熱気を含んだ排気ガスが顔面に吹きつける。反射的に息を止めて後ずさり、そのまま乗り口へと回った。

路線を確認してから乗り込んだものの、念のため「尋岡《ひろおか》の方へは行きますか」と運転手に訊く。運転手が『尋岡？　行きますよ』とマイク越しに答えると、車内にかしましく響いていた会話がぴたりと止まった。嫌なものを感じながらも運転手に会釈をして車内へと進む。優先席に老婦人が三人、後ろから二番目の席にセーラー服姿の女の子が一人座っている。会話をしていたのはもちろん老婦人たちの方で、前を通るときにはじっとりと粘っこい視線を感じた。真ん中より少し後ろの二人席に先に腰かけながら、水絵を振り返るそぶりで優先席をちらりと見やる。誰とも目は合わないのに、視線を外すと見られている気配を感じるから不思議だった。

何を言われているのか聞き取れないほどの囁き声が這ってくる。車窓のガラス越しに後ろの女子生徒をうかがうと、こちらはじっと強すぎるほどの視線で真っ直ぐに私たちを見ていた。

私は「いつだったか」と声のトーンを落として話を再開させる。

「中学に上がる直前だったかな。ばあちゃんにジャッキー・チェンの酔拳の真似をしてみせたことがあったんだけど」

「諒ちゃんが酔拳？」

水絵は私の隣に座りながら素っ頓狂な声を上げた。それほど大きな声ではなかったものの、優先席に座っていた老婦人たちが揃ってこちらを振り向く。

「まあ我ながら、らしくないことをしたとは思うよ。夢中で腕を動かしてたらテレビにぶつかって壊しちゃったんだから」

「あらら」

水絵がおどけた口調で笑うと、再び始まりかけていた老婦人たちの会話がまた止まった。私が感じ取れるくらいなのだから水絵が気づいていないはずはないが、彼女はそんなことはおくびにも出さずに「それは焦ったろうねえ」と両目を細める。

「それでどうしたの？」

「謝ったよ、もちろん。半泣きになって……いや、完全に泣いていたっけな。だけどばあちゃんは怒らなかったんだよ。『どうせ見ねぇべし、捨てっかど思ってだところだ』なんて見え透いた嘘までついてくれて、それで本当にそのまま捨てちゃって結局買い換えなかったんだ」

「娯楽はパチンコかテレビくらいなのに？」

水絵は先ほどの私のセリフを引用してみせた。彼女は記憶力がよく、頭の回転が速い。私は、何気なく口にした自分の言葉がきちんと受け止められているのを感じて、気恥ずかしいような嬉しさを覚えた。

「ああ。母親の話だと、本当は朝起きるとまずテレビをつけるくらいテレビっ子だったらしいけど」

六十代の祖母相手に「テレビっ子」という表現も何だが、実際祖母はかなりのテレビ好きだったのだろう。けれど新しく買ったりしたら私を慰めるためについた嘘が、嘘だったことになってしまう。祖母は、私を傷つけないためだけに、嘘を本当にしようとしたのだ。

「優しいお祖母さんだね」

感嘆混じりに言ってくれた水絵の声に、私は嚙みしめるようにうなずいた。

老婦人たちが下車した次の停留所でバスを降りて道沿いに五分ほど進むと、橋の袂に小さな祠が現れた。

苔《む》生した石柱と雑草に囲まれるようにして建っている大きな花崗岩は前面が丸くり抜かれ、中心に一対の男女が彫り出されている。男女は織姫と彦星のような古風な着物を身にまとい、手を取り合って微笑んでいる。ふくよかな顔立ちと単純な線で表現された細い目が福々しく――わずかに禍々しい。それとも、そうした印象を抱いてしまうのは先入観によるものなのだろうか。

胃の腑が下に引っ張られたように重くなる。

私の脳裏に浮かんでいたのは、この石像の傍らに骨壺が無造作に転がっている光景だった。と言っても実際に私がこの目で見たわけではない。私はただ、母が泣きながら吐き出す言葉を聞いただけだ。

『泥や枯れ葉に半分埋もれていたのよ。蓋が開いて中身が少しこぼれてしまっていて――』

母は『どうして』と繰り返し、声を詰まらせた。どうしてお母さんがこんな目に遭わなければならないの、どうして無理矢理にでも連れ帰ってこなかったんだろう、どうしてこんな村にいろなんてひどいことが言えたの――最後の言葉は、祖母を引き取ることに反対した父へ向けたもので、父は自分に矛先が向くたびに苦虫を嚙み潰したような顔をしていた。

ごめんなさい、ごめんなさいお母さん――祖母の骨壺を抱いて泣きじゃくる母の声は、いつもとは別人のように幼く響き、私の耳の奥にこびりついていつまでも離れなかった。

『まさか、本当にお墓を掘り起こしたりするなんて』

そして、母が呆然と口にした言葉が。

この石像を道祖神というのだと教えてくれたのは祖母だった。『サカイ様とも言うがね』祖母はそうつけ足して静かに続けた。

『サカイ様はその名の通り境の神様だからね、きっちりと境界ば作って、外から入ってこようとする悪いものば、締め出してくれるんだよ。それで境の内側にある村ば守ってくださる——ほら、節分のときに〝鬼は外、福は内〟って言うべ？』

そんな神様がいるということ自体が初耳だったが、私はそういうものかとすぐに納得した。村を守るために悪いものを締め出すという理屈が何となくこの村らしい気がしたからだ。

サカイ様は禍《わざわい》をなくす神でも、人々の安寧を等しく願う神でもない。ただ、境界の内側にさえ禍が入ってこなければいいというだけなのだ。それは、よそ者を締め出して結束を強めていく村人の姿勢と重なるように思えた。

だから私は両親に連れられて祖母の家に行くたびに村の雰囲気に薄気味悪いものを感じても、それが異常なことだとは考えなかった。村の人々は私に話しかけることはなく、湿った視線を投げかけてくるだけだったが、そういう村でそういう人たちなのだろうと単純に思っていたのだ。

そうではないと知ったのは、小学校の中学年に上がった頃だったと思う。

その年は父の仕事の都合で帰省の日程がずれ込み、初めて夏祭りの最中に帰省することになった。私は夏祭りと聞いてはしゃいでいた。村の祭りが東京のそれとどう違うのか興味があったし、何より屋台が出ると聞いたからだ。たこ焼き、綿飴、ベビーカステラ、フランクフルト、焼きとうもろこし――どれをどの順で食べようかと頭を悩ませる私に、けれど祖母はいつものように「諒一は本当に嬉しそうに食べ物の話ばするねぇ」とは笑ってくれなかった。浮かない顔でぼんやりと相槌を打つ祖母を見て、私は暢気なことに「もしかしてせっかくご馳走を用意したのにと思ってがっかりしているんだろうか」と考えた。それで慌てて『おばあちゃんの唐揚げも食べたい!』と続けたのだが、祖母は虚をつかれたように目を見開いた後、さらに悲しそうに目を伏せた。

『いいんだよ、何でも好きなものば食べておいで』

祖母は私の頭を撫で、お小遣いとして千円をくれた。てっきり祖母が連れて行ってくれるものだと思っていた私は『おばあちゃんは行かないの?』と首を傾げた。祖母は『頭が痛いから先に休ませてもらうよ』とだけ答えると、珍しくそのまま寝室に入って行ってしまった。

『おばあちゃん、大丈夫かな?』

私は心配になって母に訊いた。母は『大丈夫よ』とそっけなく言い、出かける支度を始めた。そうか、おばあちゃんは頭が痛かったから元気がなかったんだ——私は合点し、祖母のために薄荷パイプを買って帰ろうと心に決めた。スースーするところが私はあまり好きではなかったが、頭が痛いのが少しは楽になるかもしれないと考えたのだ。

だが、結局私が薄荷パイプを買って帰ることはなかった。私がその日買うことができたのは、綿飴と焼きとうもろこしだけだった。

そもそも、私が想像していたような屋台らしい屋台はほとんど出ていなかった。目を引く原色ののれんがかかった屋台は綿飴と焼きとうもろこしのものだけで、それ以外は白い味気ないテントが点在するだけだったのだ。

私は落胆を隠せず、まず綿飴を買って頬張りながらテントを見て回った。すると、不思議なことに気づいた。村の人々はお金を払うわけでもなく、瓶に入ったジュースや餅やスイカをもらっていたのだ。

——あれは、もらえるものなんだ。

嬉しくなった私は、スイカをもらうためにそのテントへと続く列に並んだ。だが、私がケースの前まで辿り着くと、それまでにこやかにスイカを配っていた老人は一瞬にして顔を強張《こわば》らせ、『おめぇ、久見《ひさみ》んとごの』と低く言った。村の人に話しかけられるのが初めてだったので驚きながらも『はい』と答えると、スイカに包丁を当てていた老人は手を止めた。

『……もうねぇ』

老人は包丁をまな板に置いて言ったが、私は何を言われたのかすぐにはわからなかった。

『え？　でも……』

私は訊き返しながらスイカに目を向けた。老人はバツが悪そうに顔をしかめると、『こいづは予約分だ』とだけ言ってテントの奥へ引っ込んでしまった。何が起こったのかはわからないながらも、どうやらスイカはもらえないらしいということだけは理解した私は、仕方なくジュースのテントへ向かった。

だが、ここでも同じだった。見るからにジュースは残っているのに『もうねぇ』と告げられる。思わずケースへ視線を移すと顔を背けて無視される。三軒目で断られる頃には、いくら鈍い私にも自分がわざともらえないのだということに気づかざるをえなかった。けれど、なぜそんなことをされなければならないのかがわからない。泣きべそをかいて境内の脇で待っていた母のところに戻ると、母は『ちょっと待ってなさい』と言って焼きとうもろこしを買ってきてくれた。母には売ってくれるのに自分にだけ売ってくれないのだと私はさらに泣き、困り果てた母はため息をついて言った。

『そうじゃないの。お母さんだから売ってもらえたんじゃなくて、あの店だから売ってくれたのよ』

『……どういうこと？』

『あの焼きとうもろこしのお店の人は村の外から来た人だから』

母の答えは要領を得なかった。だが時間と言葉を費やして説明されているうちに、私にも朧気《おぼろげ》ながら状況がつかめてきた。

祖母は村の中で仲間外れにされていたのだ。その祖母の孫だと知られたからもらえなくなったのだし、綿飴と焼きとうもろこしの屋台は村の外の人が出していたから普通に売ってくれただけなのだ。

『大人なのにそんなことをするの？』

驚いて尋ねると、母の顔が泣き出しそうに歪んだ。

『……そういう大人もいるの』

それを機に、私は少しずつ祖母が置かれた状況を把握していった。

たとえば祖母はいつもゴミを村の中のゴミ集積所には捨てず、リヤカーでどこかへ運んでいるようだった。私はそれを不思議に思ったことはなく、祖母なりの考えがあってやっていることなのだろうと勝手に了解していた。

だが、よく考えてみればゴミをリヤカーで運び出す不便さを祖母が望んでいるわけがなかったのだ。

怪訝に思って母に尋ねると、母は渋々ながら集積所にゴミを出しても回収してもらえないのだと教えてくれた。

どうして、と訊いても、どうしても、と答えられる。どこかに運び出すにしてもなぜ車ではなくリヤカーなのかとさらに訊くと、『車が壊されたの』という説明が返ってきてぎょっとした。

『ぶつけられちゃったの？』

『そうじゃないわ。村の誰かに叩き壊されたのよ』

怒気のこもった母の答えに私は言葉を失い、思わず一歩後ずさる。

『……なんで？』

自分でも何がわからないのかもわからないままにそうつぶやいていた。私には故意に他人の車を叩き壊すということが想像できなかったのだ。

『とにかく頭のおかしい村なのよ』

母は忌々しげに言い捨てた。

『事件のことを警察が訊いてもみんなして知らないって答えるの。自分で壊したのを他人のせいにしようとしてるんじゃないのって。そんなわけあるはずないじゃない。――なのに警察も面倒くさがってああそうですかって納得したふりをして何もしないのよ』

村の集まりには呼ばれないし、回覧板だって回ってこない、そのくせ知らないことがあると文句を言われるの、と投げやりに続けた母に私は怯え、『おばあちゃん、大変なんだね』と形ばかりの相槌を打つことしかできなかった。

少しずつ母の言葉の意味が飲み込めてきたのはさらに数ヵ月が経ち、小学校の社会科の授業で警察の仕事について勉強してからのことだったと思う。みんなのくらしの安全を守る、というフレーズを目にしてハッとした。

――おばあちゃんは、この「みんな」に入っていないのだ。

生活の安全を保障する存在のはずの警察すら頼りにならず、ゴミ収集というライフラインからさえ締め出されているということ。

母は祖母が置かれたそうした状況を「村八分」という言葉で表現した。私は祖母が受けている仕打ちを知ってもなお、その江戸時代か何かの頃のものだと思っていた風習が現代にも行われているのだということがなかなか信じられなかった。

『どうして村八分になんてされてるの？』

私がそう訊いたのは、理由がないのにこんなことをされるわけがないという思いからだった。母は憎々しげに答えた。

『おじいちゃんのせいよ』

母の口にしたおじいちゃんとは、私にとって曾祖父のことだった。詳しく話を聞くと、曾祖父はしばらく前から惚けがひどくなっており、そのせいで勝手に用水路の水門を開けに行ってしまうことがあるというのだった。曾祖父が若い頃水路監護人という職に就いていたことは周知の事実だったから村の人々も最初は理解を示してくれていたが、回数が二度、三度と重なり、ついに実際に農作物に被害が出るようになると堪忍袋の緒が切れたらしい。

水路の管理は共同体にとって生命線の一つなのだから、それを勝手にいじる曾祖父が敵意を向けられるのはある程度仕方がないという話だったが、不思議だったのは、その怒りが曾祖父にではなく祖母に向けられていたことだ。

あそこの嫁がちゃんと見ていないから——怒りは常にそこに集約された。曾祖父は檜垣村で生まれ育った完全な村民だったが、祖母は外から嫁いできた「よそ者」だったからだという。

『最近引っ越してきたの？』と訊くと、『もう四十年になるんじゃないの。わたしが生まれる前から住んでいるんだから』という答えが返ってきて、私はますます混乱した。四十年住んでいてもまだ「よそ者」だということは、一体いつになったらよそ者じゃなくなるというのか。

祖母は祖父に嫁ぐために檜垣村に来て、義理の両親と同居しながら母を育ててきたが、祖父が病気で他界したことで檜垣村での拠り所を失ってしまったらしい。それでも村を出ようとしなかったのは、祖父から義父母の世話を頼まれており、また三つ先の郡にある実家から「一度他家に嫁いだ者が実家の敷居を跨ぐことは許さない」と厳しく言われていたからだ。その頃はまだ曾祖父も矍鑠《かくしゃく》としており、村八分という事態にもなっていなかったから、特に無理をして子どもを連れて村を出る必要も感じなかったのかもしれない。

状況が変わったのは、高校を卒業した母が見合いで出会った父の元へ嫁ぐために村を出て、曾祖母が他界してからのことだった。

祖母の苦境を知ると、一人娘である母はすぐにでも祖母を引き取りたいと考えた。だが、これは父が許さなかった。父は長男で、ゆくゆくは自分の両親と同居して面倒をみることに決まっていたからだ。父と母はそのことで何度か揉めてきたようだったが、結局のところ母はいつも引き下がっていた。

それでも当時、祖母は村のヒエラルキーの最下部に属していたわけではない。最も悲惨な暮らしを強いられていたのは野路《のじ》家だった。

野路家は、元々妻の方が檜垣村の出身だったそうだ。何十年も前、妻は村長の息子との縁談を断り、旅先で出会った夫と結婚するために駆け落ち同然に村を出ていた。以来、実家とは没交渉になっていたものの、夫が失業して経済的に困窮したために、夫と子を連れて親を頼りに出戻ってきたのだという。だが、いくら村の出身者とは言え、一度村を捨てた妻への風当たりは厳しく、よそ者である入婿《いりむこ》と子への仕打ちはそれ以上だった。

さらに数年して妻の親が死ぬと、野路家はますます孤立した。だが、村に来て以来蓄えが減るばかりだった彼らは、家賃なしに住める家から出て行くわけにもいかない。酒量が増えた入婿は妻子に手を上げるようになり、ついには隣人と口論になった挙句《あげく》、相手に手を上げた。

それを機に野路家への制裁は「村八分」へと切り替わった。農作業用の機械を壊され、雪かきで集めた雪が野路家の前に積み上げられる。隣人とのトラブルも増え、激昂した入婿は隣人を殴り殺すという事件を起こした。

そして野路家の扱いは、それ以降「村十分」に変わったのだった。

そもそも村八分とは、共同体の生活行為の内、葬式の世話と火事への対処を除いた一切の交流を絶つことを意味していたらしい。つまり、その二つだけは例外的に仲間に入れてもらえていたということだ。それはおそらく死体を放置しておくと衛生的に問題があるとか、きちんと消火しないと延焼する恐れがあるとか、そうした実用的な要請からの例外だったのだろう。

だが、野路家は事件を起こしたことによってそこからも外されることになったのだった。

村では通常、葬儀屋に丸投げせずに自宅葬で近隣住民が助け合って葬儀を執り行うことになっているが、事件後、逮捕される直前に自殺した野路家の入婿の葬儀には、誰一人として手を貸さなかった。それどころか、村外の葬儀屋が墓に納めた骨が後日掘り起こされ、道祖神の傍らに捨てられていたのだ。

――数年後、私の祖母が辿ることになった末路と同じように。

私は、ふいに足を止めた。目の前には見覚えのある景色が広がっている。

県道から直角に山へと延びた細い私道。その先にあるのは、祖母が入り、安眠することができたはずの墓地だ。

私は無言で坂を登り始める。

――野路家のことを、祖母はどう思っていたのだろう。

自分より悲惨な境遇に置かれた者がいるということは少しでも祖母の慰めになっただろうか。

否、という答えがすぐに心に浮かんだ。祖母はそういう人ではなかったはずだ。祖母はおそらく、心を痛めていただろう。

ふいに、祖母の言葉が思い浮かぶ。

『終わりがねぇものはおっかねぇよなぁ』

何の話をしていたときの言葉だったか。――そうだ、野路家の葬式の話を聞いた幼い私が、死ぬのが怖いと泣いていたときだったはずだ。大丈夫、死んだ後のことなんか考えても仕方ないと言ってくれるだろうと思っていたのに、祖母は『おっかねぇよなぁ』と口にした。

『終わりがあるとわがっていれば、人間、大抵のことには耐えられるもんなんだけどねぇ』

野路家の存在――自分よりさらに下がいるという事実は、今より境遇が悪くなりうるという可能性となって祖母を追い詰めていたのではないか。

水絵の携帯に母から連絡があったのは、寺へと続く山道の中腹に差しかかったタイミングだった。手渡された携帯を耳に押し当てる。

もしもし諒一、と忙しなく耳に飛び込んできた声にほんの少し面食らった。

「ああ、母さん」

どうしたんだ、と続けかけた言葉を『あんた今どこなの』と鋭く遮られる。

「寺の前に着いたところだけど」

ひとまずそう答えると、はあ、と息を吐く音が耳に届いた。

『よかった、あんたたちは無事に着いたのね』

「無事にって……」

不穏な言葉に、私は咄嗟に水絵を振り返る。水絵も驚いたように目を見開いた。私は携帯を握る手に力を込める。

「何かあったのか？」

『尋岡に入る手前の道で土砂崩れがあったみたいで通行止めになっちゃったのよ』

「え？」

声が裏返った。

「それ、大丈夫なのか？」

『平気よ、別に道が塞がっちゃっただけだから。でも変よね、雨が降ったわけでもないのにいきなり土砂崩れなんて』

母は早口に喋ると、

『通れるようになるまでかなり時間がかかりそうだし、お母さん携帯の電池が切れそうだから、今日はもうあんたたちだけで――』

プッ、という唐突な音を最後に通話が途絶えた。皮脂のついた画面を呆然と見下ろしていると、後ろから「何かあったの？」と水絵が心配そうな顔を出す。

「いや、何か道が通行止めになってるらしくて、今日はもうあんたたちでやってくれって」

土砂崩れ、というところは省いて伝えると、水絵は目をしばたたかせた。

「通行止めって……迂回路はないの？」

「どっちみち寺に連絡してある時間には間に合わないだろうな」

私は答えながら携帯を水絵に返し、デイパックを抱え直した。今日電車に乗るなり肩紐が切れたそれは持ちづらく、すぐにずり下がってきてしまう。

「とりあえず目的を果たすか」

再び山道を進み、車が二台ほど停まった駐車場の脇を曲がって寺の敷地に足を踏み入れる。水汲み場を通り過ぎて入口へと向かい――そこで足を止めた。

「あれ……」

「……閉まってる？」

水絵がぽつりと私の言葉の後を継いでつぶやく。

墓へと繋がる木の扉が閉ざされていた。周囲を見回してみるが、石垣が続いているのみで他に扉はない。あまり強固な造りにも見えなかったが、押しても引いてもぴくりともしなかった。

「どういうことだ」

「諒ちゃん、今日納骨したいってお寺に話したんだよね？」

短くうなずくと、水絵は小首を傾《かし》げる。

「そうじゃなくても、お盆前のこの時期に閉めたりするかなあ」

駐車場には車が停まってたのに、と背後を振り返った。

「お寺のものだったのかな。お寺の人に訊いてみよっか？」

「ああ、そうだな」

困惑している私を置いて、水絵はさっさと寺務所へ向かう。

「ごめんくださーい！」

躊躇いなく声を張り上げ、窓口のガラスをノックした。だが、しばらく待っても応答がない。

「おかしいねえ」

水絵はのんびりと首を傾げ、木の扉の前へと戻ってくる。扉が開かないことをもう一度確かめてから、腰に手を当てた。

「待ってみる？」

結局、気を取り直すような口調でそう続けたのも水絵だった。

「そうだな」

私がぎこちなくうなずくと、水絵は寄付板の傍らに設置されたベンチにシートを敷き、手際よく鞄から水筒と紙コップを取り出す。おにぎりやタッパーを次々に並べてベンチに腰かけ、隣にハンカチを敷いた。その上を促すようにポンポンと叩くが、見ると彼女は直接ベンチに座っている。

「ハンカチは自分で使えよ」

「諒ちゃんのじゃないよ、お祖母さんの分」

水絵は目線でデイパックを示した。私は「ああ」と間の抜けた声を漏らしてデイパックをハンカチの中心に置く。さらに隣に腰を下ろすと、祖母の骨を挟む形になった。

奇妙な構図に戸惑う私をよそに、彼女はテキパキとタッパーを開け、紙皿に私と祖母の分のおにぎりとおかずを取り分けた。両手を合わせて「いただきます」とはっきり発音し、軽く頭を下げる。私も一拍遅れておにぎりにかぶりつくと、塩気が効いた白米の中心には私の好物の唐揚げが入っていた。私は味わって咀嚼《そしやく》しながら、木の扉と石垣を振り返る。

「……まあ、頑張れば越えられないこともないか」

「え？　この石垣を？」

水絵が目を丸くした。

「それしかないだろう」

私は当然のことを答えたつもりだったが、水絵は考え込むように石垣を見上げた。

「わたし、登れるかな」

「ん？」

私はそこで、彼女が自分も登ろうと思っているのだと気づいた。

「いや、水絵はここで待っていてくれればいいよ」

「あ、そうか」

水絵は拍子抜けしたように言ってはにかむ。どうやら待っているという選択肢は考えもしなかったらしい。私はそんな彼女をおかしく、また好ましく感じた。

水絵は両手に持っていたおにぎりを食べてお茶を飲み、「今さらなんだけど」と切り出す。

「そもそも、どうしてお祖母さんの骨はお墓に入ってないの？」

純粋な疑問を口にする口調に、私は「ああ」と声を漏らした。

「話していなかったか」

そう言えば、彼女には祖母が殺人犯として刑を受けたことがあるとは伝えていたものの、何があったのかまでは話していなかった。

私は、彼女が入れてくれたお茶を渇いた喉に流し込むと、十八年前、私が中学に上がってすぐの夏に起きた事件について話し始めた。

その日は、今日と同じく特に暑い日だったという。

祖母はいつものようにゴミを捨てに村を出て、数キロ先の町で食料品を買い込んで村に戻ってきた。行きよりも重く感じられるリヤカーを引きながら坂を登り、額から流れる汗を首にかけたタオルで拭い、角を曲がって何気なく田圃に目を向けたところで異変に気づいた。

中干しを始めたばかりで水が抜かれているはずの田圃に水が溢れていたのだ。

祖母が呆然と足を止めるのと、田圃の持ち主である小沼《おぬま》の主人が飛び出してくるのがほとんど同時だった。

『またやったのか！』

小沼に怒鳴られるまでもなく、祖母も状況を理解していた。また、曾祖父が勝手に水門を開いたのだ。

祖母はリヤカーを投げ出して地面に額《ぬか》ずき、謝り倒した。その間にも小沼は罵倒を浴びせ続けてくる。垂れた汗が目に入り沁《し》みたが、祖母は拭うことすらできずに頭を下げていた。

突然こめかみに鋭い痛みと衝撃が走った。祖母の口からぎゃっという小さな悲鳴が漏れる。地面に子どもの拳ほどの大きさの石が転がり、それを投げつけられたのだという認識に祖母は遅れて至った。こめかみに触れるとぬるりと滑る。赤く血塗れた指先を呆然と見下ろした。小沼は舌打ちを重ねて走り去っていく。

けれど祖母には、小沼がこれで溜飲を下げたわけでも、傷を負わせたことにおのののいたわけでもないとわかっていた。この場を去ったのは単に水門を閉めに向かっただけで、おそらくこの後さらにひどい制裁が加えられることになるのだろうと。よりによって小沼は村長の分家筋に当たる家だった。このままで済まされるはずがない。

祖母は震える腕でリヤカーの取っ手を拾い上げ、汗と血で濡れた顔もそのままに家へと急いだ。道を歩いているのが恐ろしかった、曾祖父を問い詰めなければならないと思った、ひどく喉が渇いていてとにかく水が飲みたかった――その中のどれが一番強い理由だったのかは祖母自身にも判別がつかなかったそうだ。ただ強い眩暈《めまい》がしていて、ここで倒れ込んだら終わりだという恐怖があったという。

実際、七十歳近い祖母が炎天下の道端に倒れていれば命に関わる事態になっていたかもしれない。祖母を介抱してくれる人間が村にいたとは思えないし、そのときはまだ十四時を回ったばかりだったのだ。

何とかして家に辿り着いた祖母の目にまず飛び込んできたのは、惚けた顔で土壁に背を預け、煙草をふかしていた曾祖父の姿だった。傍らにはピルケースが落ちており、鎮痛剤を服用したばかりだとすぐにわかった。このとき既に曾祖父は末期癌を患っていたのだ。祖母は、曾祖父の濁った両目を見て息をついた。これは今話しても意味がないだろうか——重く痺れた頭でそう考えた瞬間だった。

曾祖父は、唇の端を吊り上げるように歪めた。

『小沼のやつ、泡食ってたろう』

祖母はその瞬間、気づいたのだ。

曾祖父が、若い頃にやっていた仕事と混同して水門を開いてしまっていたわけではなかったということに。曾祖父はそれが悪いことだとも、それで困る人がいることも、それによって祖母がひどい境遇に置かれることになっているのもわかっていた。わかっていて、わざとやっていた——

ただし、本当にこのときそう考えたのかは祖母にもよくわからないという。後に裁判の中で、曾祖父が村人に「ざまあみろ」などと暴言を吐いていたことが明らかになってから抱いた思いが混ざっているかもしれない。ただ確かなのは、このとき祖母は、腹の底から激情が湧き上がるのを感じていたということだ。目の焦点が合わず、なのに曾祖父の淀んだ笑顔だけは視界の中心に見えていたらしい。祖母はスーパーのレジ袋を玄関に落とすと、土足のまま台所へ上がって行った。

手にしたのは、出かける前に夕飯の下ごしらえに使っていた豚肉を切った包丁ではなく、シンク下の扉にしまわれた、前の晩に研いだばかりの包丁だった。

祖母は曾祖父に向き直り――気がつくと、曾祖父の腹部に包丁を突き立てていた。祖母はその後しばらく呆然と座り込んでいたが、我に返ると慌てて一一九番したらしい。だが、救急隊員が来たとき、既に曾祖父は絶命しており、手の施しようもなかった。むしろ、ほとんど即死だったのではないかという。

祖母が曾祖父を殺したという報は、瞬く間に村中へと広がっていった。村は震撼した。まさか、あの女が――

村の人々にとって祖母とは、いつも申し訳なさそうに小さく身を縮こまらせているだけの存在でしかなかったはずだ。いくら罵倒を浴びせ、嫌がらせをしても、何かを言い返したり反発したりすることがなかったのだから。

だが、祖母は「包丁で刺して殺した」と自供し、すぐに逮捕された。状況を見ても他の可能性は考えづらかったし、そのこと自体に疑いを持つ人はいなかった――いや、それは正確ではない。本当のところ、疑問を抱く人は少なくなかったのだ。

たとえば母は、祖母がそんなことをするわけがないと繰り返した。だってどうして殺す必要があるのよ。そんなにおじいちゃんが嫌なら見捨てて村を出ればよかっただけじゃないの。もしそれができなくても他にも殺し方はいくらでもあったはずなのに

――母の主張は裁判でも争点の一つになった。すなわち、祖母がなぜ刺殺という方法

を取ったのかということについては複数の人間が不自然さを感じたのだ。毒草を誤って食べたように見せることもできたはずだし、事故に見せかけて階段から突き落としたってよかった。第一、放っておいても末期癌だった曾祖父の寿命は長くてもあと数ヵ月ほどのものだっただろう。それなのに、なぜ――

母は「おじいちゃんに殺してほしいと頼まれたんじゃないか」とも言い出した。癌の苦痛から解放してほしいと頼まれて応えてやっただけなのだと。だが、これは祖母自身が否定した。

「私は自分の意思で殺しました。許されようとは思いません」

背筋を伸ばして静かに供述する祖母の声音には迷いはなく、深い反省があるようにも開き直っているようにも見えた。

そしてその祖母の言葉を機に、裁判は収束へと向かっていったのだった。

それでも、祖母が殺人という方法を選んだこと自体に理がなかったという点は、祖母の殺人があくまでも衝動的なものであったことを証明する論拠として使われた。また、祖母が置かれ続けてきた厳しい情状が酌量され、祖母に下された判決は懲役五年という軽いものとなった。

だが、結局祖母は村に戻ってくることはなかった。判決が出てすぐ、癌を患っていることが発覚し、そのまま獄中で亡くなってしまったのだ。皮肉にも曾祖父と同じ肺癌だったという。

祖母が殺してしまったのは、村にとっても害悪であったはずの曾祖父だった。だが、亡骸となって村に戻ってきた祖母を待ち受けていたのは村十分という末路だった。

祖母の葬式は、母が喪主となって都内の葬儀場で身内のみで執り行われた。その上で母は祖母の骨を久見家の墓へと納めた。だが、その後祖母の荷物を整理しに帰郷した母は、道祖神の傍らに祖母の骨壺が捨てられていたのを目にすることになる。

祖母が野路家と同じ扱いを受けることになった理由は一つしかない。

――「村の人間を殺したよそ者」という点では二者に違いはなかったからだ。

私は、細く長く息を吐くと、歪な形をしたデイパックに視線を落とした。信心深く、先祖の墓を他のどの家よりも綺麗に保っていた祖母。祖母はいつも私を連れて墓に行くたびに、墓に向かって長いこと手を合わせていた。

「だけどあれから十八年が経って、あの頃村十分に加担していた人たちもほとんどいなくなって代替わりしただろ？　十七回忌も終わったことだし、そろそろちゃんと墓に入れ直してやりたいって話になったんだ」

話し終えたとき、水絵の表情はいつになく険しいものになっていた。

私は彼女の気持ちも考えず、自分の中の整理しきれない感情を吐き出してしまったことに気づいて申し訳なくなった。

「ごめん、こんな話……せっかくのごはんがまずく、」

「違うの」

水絵は低く遮り、眉間の皺を濃くした。宙を睨みつけ、手にしていた紙コップを強く握る。コップがたわみ、ほんの少し中身がこぼれた。

「そうじゃなくて……本当にそれでいいのかなと思って」

「それって？」

私は彼女が何を言おうとしているのかわからずに問い返した。水絵はまだ何かを考え込むように口元に手を当てながら、小さくつぶやく。

「本当にお祖母さんの骨をお墓に入れちゃっていいのかな」

「またどうせ掘り返されるんじゃないかってことか？　でもあれからずいぶん時間が経っているし、納骨し直すことだって住職の了解を得ているんだから……」

「ううん」と彼女は首を振った。

「もう誰も掘り返さないかもしれないからよ」

——誰も掘り返さないかもしれないから？

水絵は何を言っているのだろう。

私は首をひねる。水絵は焦点の合わない目を私へ向けてきた。

「ねえ、さっきの話、少しおかしいと思わない？」

「何が？」

「どうして、お祖母さんはひいお祖父さんが病死するのを待てなかったのかな」

率直すぎる表現に、私はぎょっとした。けれど水絵は目を見開いた私に構わずに続ける。

「それまで何年も我慢し続けてきたわけでしょう？　あとちょっとの辛抱だったのに」

「いろんなことが重なってついカッとなったんじゃないか」

「衝動的にやってしまったのなら、どうしてわざわざまな板の上に出ていた包丁じゃなくてシンク下にしまってあった包丁を出し直したのかしら」

「それは、ひいじいちゃんが憎かったから、より苦しみそうな方を選んで……」

「だったら逆じゃない？」

水絵は鋭く言った。

「豚肉を切った後の切れ味が悪い包丁の方が刺された相手は苦しむはずじゃない。それにひいお祖父さんは刺されたとき鎮痛剤を使っていたんでしょう？　本当に相手を苦しませたいのならそんなタイミングを選ぶかしら」

水絵は化粧気のない顔を伏せる。

「お祖母さんは、ひいお祖父さんが憎いから殺したわけじゃないんじゃないかと思うの」

私には、彼女が何を言いたいのかがわからなかった。憎いから殺したんじゃないのなら何だというのだろう。

すると水絵は思いもよらないことを言った。

「お祖母さんは、ただ誰かを殺したかっただけじゃないのかしら」

「誰かを殺したかった？」

声が裏返った。

「そんな、シリアルキラーじゃないんだから」

思わず笑いを含んだ口調になる。だが、水絵は笑わなかった。

「お祖母さんはひいお祖父さんを殺したけれど、結局刑務所からも出られないまま亡くなったのよね？　だったら、ひいお祖父さんを殺す意味なんかなかったということになるじゃない」

「それはただの結果論だろ？　結果的にそれほど寿命がなかったってだけで……」

「お祖母さんは、本当に自分の寿命がそれほど残されていないことに気づいていなかったのかしら？」

　水絵は私を真っ直ぐに見据える。

「わたしは知っていたんじゃないかと思うの」

「何でそんなことが言えるんだ」

「テレビを買い換えなかったからよ」

　彼女は間髪をいれず静かに続けた。

「もちろん、諒ちゃんを傷つけないためという目的もあったとは思うけれど、そんなのひと月も経てばほとぼりが冷めるはずだし、それだけのためなら他にも方法があったはずじゃない？　なのにどうして買い換えずにいたのかな」

「どうしてって……」

「諒ちゃんがテレビを壊しちゃったのは中学に上がる直前、そして事件が起きたのは諒ちゃんが中学に上がってすぐの夏――つまり、テレビが壊れてから間もない頃にお祖母さんは事件を起こしたことになるでしょう？　それで思ったの。お祖母さんは、もう自分が家で過ごす時間はそれほど長くないことを知っていたんじゃないかって」

「癌だって気づいていたんじゃないかってことか？」

「そう。そして、だからこそ事件を起こすことにしたんじゃないかと思うの」

「……ばあちゃんの殺人は計画的なものだったっていうのか？　だけど水絵はさっき、ばあちゃんがひいじいちゃんを憎んでいたわけじゃないって……」

「憎んではいたと思う。わざと水門を開いていたのを知って強い嫌悪感を抱いたのも本当だと思う。だけど、それで殺したわけじゃないのかもしれない」

「だったらどうして殺したりしたんだ」

「村十分になるためよ」

予想もしなかった返しに、私は声も出なかった。

――村十分になるため？

感情を抑えたように淡々と話していた水絵は、そこで微かに顔を歪めた。

「お祖母さんは死んだら久見家のお墓に入ることが決まっていた――実家は『一度他家に嫁いだ者が実家の敷居を跨ぐことは許さない』と言っていたんでしょう？　だったら当然、実家のお墓にも入れてもらえるわけがない。せめて死んだ後くらいこの村から出て行きたくても、方法がなかった。葬式の世話を含めた残りの二分は許されてしまっていたんだから」

私は大きく息を吞む。

――許されようとは思いません。

あの祖母の言葉は、深い反省から出たものでも、開き直ったものでもなかったというのだろうか。

――言葉の通り、二分も許されないために、野路家と同じ「村の人間を殺したよそ者」になるために曾祖父を殺したのだとしたら。

「だからこそ、お祖母さんは毒草を誤って食べたように装うことも、事故に見せかけて階段から突き落とすことも、ひいお祖父さんの寿命が尽きるのを待つこともしなかったんじゃないかしら」

末期癌を患っていた祖母にとっては、これから残された僅かな人生よりも、死後の世界の方が近かったはずだ。

――終わりがねぇものはおっかねぇよなぁ。

死を恐れる私に、そう答えた祖母。死後の世界を信じ、先祖の墓を他のどの家よりも綺麗に保っていた祖母。――死後には終わりがない。そして、祖母が入ることが決まっていた墓には、祖母を最後まで苦しめた曾祖父も入ることになっていた。

私は愕然とした。

祖母は、たしかに曾祖父を憎んで殺したわけではないかもしれない。だが、殺したいほど憎むことと、殺人を犯してでも同じ墓に入りたくないと願うことには、一体どれほどの差があるというのだろう。

そして、祖母はそこまでの暗い情念を抱えながらも、最後まで自分からは久見の家を出ることがなかった。まるで、そんな選択肢は思いつくことすらなかったというように。私には、それがひどく恐ろしいことに思えた。

女性にとって結婚することとは、相手の墓に入ることでもあるのだ。自分を育ててくれた両親や、兄弟、血の繋がった親族たちと離れて、たった一人、相手の家の墓に入らなければならない。

私はずっと、水絵は結婚というものについてわかっていないのではないかと思ってきた。他人同士が家族になり、新たな家族を作るということの意味を考えたことがないのではないかと。

だが、祖母の真意に彼女は気づき、私は気づくことができなかった。

――結婚について何もわかっていなかったのは、私の方なのではなかったか。

私は、母から連絡を受けた携帯と肩紐の切れたデイパックを見下ろす。

「お祖母さんの骨、どうする?」

水絵は、恐る恐るといった口調で言った。私はゆっくりとデイパックを抱え直す。

実家の建て替えの際に預かって以来、何となく押し入れの上の段にしまってあった祖母の骨。時折目にするたびに、祖母に申し訳ないような落ち着かない気分に駆られてきた。けれど――

「とりあえず家に持ち帰るよ」

そこで一度言葉を止め、顔を上げてから口を開いた。

「母さんに相談してからだけど……散骨とかについても調べてみる」

「そうね、それがいいんじゃないかな」

水絵がホッとしたように頬を緩めた瞬間、ふいに背後で物音がした。

「あの……?」

困惑が滲んだ声に振り返ると、どこから現れたのか、四十絡みの住職が怪訝そうな表情で立っている。その視線が咎めるようにピクニック状態になったベンチの上へ向けられた。

「すみません、ちょっと扉が閉まっているようだったので、お戻りを待たせてもらおうかと……」

　慌ててベンチを立ち、バツの悪さを感じながら言い訳を口にすると、住職の顔に浮かんだ不審の色はさらに濃くなった。

「は？」

「ですから、扉が閉まっていたので、」

「開いてますけど」

　住職は独特のイントネーションの標準語で言い、私たちの背後を指さした。

「え？」

　私と水絵は揃って振り返る。

　──扉は、開いていた。

　まるで今の今まで閉まっていた事実などなかったかのように開ききり、内側の墓石が並んだ光景をさらしている。

「そんな……」

「ここを閉めることはほとんどありませんけど」

　住職がこちらを胡乱《うろん》げに見つめる。よろめくようにして扉に近づくと、住職の言う通り蝶番《ちょうつがい》には長いこと動かされていないような錆と泥がこびりついていた。

私は指先で蝶番をなぞり、指の腹を見つめる。

しばらくして住職が、あの、という低くかすれた声を出した。

「もしかして、納骨のご連絡をいただいた……？」

私はハッと顔を上げる。

「あ、そうなんですけど」

「ああ、やはりそうですか」

私が、納骨は止めることにした、と続けるより早く、住職は目尻を下げた。

「お待ちしておりました」

背筋を伸ばしたまま腰を軽く折り、ベンチの上をちらりと見やる。

「それでは、ご支度が整いましたら、中へお越しくださいませ」

滑らかな口調で言い、踵《きびす》を返して寺務所へと立ち去っていく。扉の前には、私たちと祖母の骨だけが残された。

沈黙が、落ちる。

私と水絵は顔を見合わせ、それから二人で同時にデイパックを覗き込んだ。けれど、上手く言葉が出てこない。何も言わなくても思いは共有できている気がした。えーと、と心の中でつぶやいて思考を戻す。さっきまで何の話をしていたのだったか。

――ああ、そうだ。

「たとえば散骨するとしたら、どこがいいかな」

私が顔を向けると、水絵は「んー」と小首を傾げた。

「どうだろうなあ、わたしだったら海がいいけど」

なるほど、と私は顎《あご》を引く。

「了解、覚えておく」

そうつぶやいた瞬間だった。

水絵がきょとんと目をしばたたかせる。

「……それってもしかしてプロポーズ？」

「あ」

私は自分の言葉を反芻した。

――了解、覚えておく。

確かに、そういう意味になる。

「そうなるな」

私がうなずくと、彼女は微笑みを浮かべて祖母の骨を手に取った。

散る花、咲く花

歌野《うたの》晶午《しょうご》

島田荘司氏の推薦をもらい1988年『長い家の殺人』でデビュー。これは〈名探偵・信濃譲二〉シリーズの1作目に当たる。2003年の『葉桜の季節に君を想うということ』は翌年に第57回日本推理作家協会賞長編および連作短編集部門、第4回本格ミステリ大賞を受賞し、『このミステリーがすごい!』『本格ミステリ・ベスト10』といったランキングで1位をマーク。注目を集めて大ブレイクを果たした。2007年からは〈密室殺人ゲーム〉シリーズ、〈舞田ひとみ〉シリーズを開始。前者の2作目に当たる2009年の『密室殺人ゲーム2.0』で翌年第10回本格ミステリ大賞を再度受賞。『本格ミステリ・ベスト10』でも1位。アクロバティックなサプライズを愛するファンは多いが2011年の『春から夏、やがて冬』は第146回直木賞候補になっており、幅広い筆力に対する評価も高い。今回収録の作品もサプライズと詩情あふれる文体、世界観を楽しめる。(N)

1

この間持っていったじゃないと美由起《みゆき》は関心を示さなかったが、花と刺身は新しいほうがいいと私は主張し、それは女房と畳でしょうと彼女はあきれ、その格言は若輩の戯言《たわごと》だ恋人なら新しいほうがいいが人生の苦楽をともにする女房は古いほうがいいに決まっているフランスではワインと女は古いほうがいいと言うんだぞ、そう言葉巧みにあの人この人を口説いて浮気を重ねてきたのねメモメモ、といった具合に、たわいないやりとりが藪蛇となり、私は大いにうろたえたわけだが、前方に三角屋根の商家が現われたことで、とりあえず窮地を脱することができた。

坂の途中にある花屋だ。正面の壁に目を凝らすと、〈佐久間文房具店〉と色褪せた文字を拾えるので、正しくは文具屋である。しかし店先の棚には値札のついた鉢植えが並び、切り花を挿したバケツが置かれている。そんな案配で店の前は花に占拠されているため、車は少し行き過ぎたところに駐めた。

ガラスの重い引き戸を開けて、花をくださいと声をかけると、薄暗い店内のさらに暗い奥の方から、はーいただいまと、デニムのエプロンをつけた女性がサンダルをつっかけて現われた。

「黄色とピンクを一本ずつ」

私はバケツの切り花を指さし、

「たったそれだけで悪いね」

と、つけ加える。

「いいえ。いつもありがとうございます」

店員は笑顔で鋏を手にし、薔薇を一本つまみあげる。四十代なかばと思《おぼ》しき、昔で言うトランジスターグラマーな女性だ。

手持ちぶさたに店内を覗くと、木製の陳列棚にノートや鉛筆が並んでいるが、花の冷蔵ケースは見あたらないので、実体は文具屋ということでいいようだ。

「あら、かわいい」

車で待っていると言っていた美由起が現われ、鉢植えのピンクの花を指さした。

「真ん中が黄色になっているところがおしゃれですよね」

店員はにこやかに応じる。

「パンジー？ じゃないわよね」

「プリムラです。パンジーと同じように育てやすいですよ。花も長持ちしますし」

「じゃあ一つもらっていこうかしら」

と財布を出そうとするのを私は止める。

「鉢植えはだめだろう」

根がついたものは「寝つく」に通じ、見舞いの花としてふさわしくないとされている。

「うち用よ」

「テラスと水道の間がちょうど空いてるな」

「ボリューム感があるので、色を組み合わせると、お庭がとても華やかになりますよ」

店員は如才なく言って、ピンクのほかにもう三色買わせることに成功した。

花束と鉢植えを持って車に戻り、さらに坂を登っていく。農地の間に民家が点在するのどかな地区だ。

丸山病院は白樺の林に囲まれている。開院当初は白亜の壁がまぶしかったのだろうが、今では雪空のようにくすみ、息を殺すようにして林の中にたたずんでいる。駐車場は広大だが、車は歯抜けのようにしか駐まっていない。

ロビーは薄暗く、がらんとしている。外来が終わったからなのだろうが、蛍光灯が間引かれており、わびしさがつのる。

二基並んだエレベーターのランプは3と4に灯っていたので、扉の前を素通りして階段を使う。エレベーターは患者を慮《おもんぱか》って速度を極端に抑えてあり、ベッドやストレッチャーの利用があれば乗り降りにも相当な時間がかかるため、待つより歩いたほうが早いのだ。エレベーターに乗れなかったとき美由起は決まって、運動運動と負け惜しみのように繰り返しながら階段を昇る。

三階のナースステーションにこんにちはと声をかけると、こんにちはと輪唱のように返ってくる。カウンターには面会人用のノートが置かれているが、記帳しなくてもとがめられることはない。

三一一号室に入ろうとしたところ、辰雄《たつお》と鉢合わせになった。

「あら、おとうさん。おしっこ?」

美由起が尋ねたが、辰雄は彼女を押しのけるようにして廊下に出た。パジャマの裾が半分はみ出している。

「トイレはこっちでしょう」

おぼつかない足取りで左に行こうとする辰雄の右腕を美由起は引っ張る。辰雄はいやいやをするように肩を揺する。

「トイレじゃないの？」

尋ねても、いやいやをするだけだ。

「どこに行くの？　おしっこじゃないの？　うんち？　違うの？　どこに行くの？」

繰り返し尋ねると、

「リハビリだよ」

と、しゃがれた小声で答えた。

「リハビリ？　何時から？」

「リハビリ、リハビリ」

辰雄は繰り返し、左の方に歩いていこうとする。

「おとうさん、待って。リハビリだったら、療法士さんが迎えにくるでしょう。おかしいわね。訊いてくる」

美由起はそう言い置き、早足でナースステーションに向かう。

「リハビリだよ、リハビリ」

「やる気満々だな。いいことだ」

放っておくと歩いていってしまうので、私は辰雄の肩を抱く。長い療養ですっかり肉が落ちてしまっているが、十六の時から港湾労働で鍛えあげただけあって骨は太く、男として嫉妬《しっと》を感じてしまう。

「リハビリは三時からよ。それまで部屋で待っていましょうね」

美由起が戻ってきて辰雄の手を取った。辰雄はなおリハビリを連呼して嫌がったが、二人がかりで病室に誘導した。

「いいお天気で」

そう声をかけてきたのは山崎さんのご主人だ。いつものように奥さんのベッドの横に腰かけ、いつものように彼女の手を握っている。彼女の目が開いているのを、私は見たことがない。しかしご主人は病室にいる間、片時も奥さんから手を放さず、時にはベッドに上半身を伸ばして頰ずりをし、季節や近所の話題を語って聞かせている。

三一一号室は六人部屋で、入っている全員が後期高齢者である。磯《いそ》さんのところには、息子や娘が思い出したように顔を出す。須藤さんに面会があるのは週末だけだが、孫や曾孫《ひまご》もまじって実ににぎやかだ。窓際の二床、大宮さんと白石さんが見舞いを受けているのは見たことがない。

「昌子《まさこ》、長嶋は？」

ベッドに寝かせると、辰雄は嫁の袖を引いた。

「長嶋さんはとっくに引退したじゃないの。監督からも」

「長嶋は？」

「野球観たいの？　やってないわよ。まだお昼じゃないの。というか、プロ野球、開幕してた？」

そう言いながらも美由起はテレビをつけ、チャンネルを次々と切り替えてやる。

「ほら、やってない。残念でした」

「昌子、排水の工事はどうなった？」

「きのうしてもらったわ。それよりおとうさん、わたしはおかあさんじゃないですよ。美由起、みー、ゆー、き」

「美由起？」

「そう、高浪《たかなみ》美由起。治《おさむ》さんのお嫁さん」

「おお、治、帰ってきたか」

辰雄は枕から首を浮かせ、首を左右に動かす。

「親父、ただいま」

私はベッドの上に身を乗り出し、辰雄の顔を真上から見おろす。

「治、グローブを持ってこい」

「キャッチボールは退院したらね」

「こうやって縫い目に沿って指をかけるんだよ。そして押し出すようにひねる」

辰雄は腕を上げ、五本の指を鉤《かぎ》型に曲げ、手首を回す。

「疲れるから、枕を使いな」

「武藤の小倅《こせがれ》に蹴っぽくられたって？　やられっぱなしで帰ってくるやつがあるか」

辰雄はさらに上半身を起こし、私の腕を小突く。その目は私を通り越し、ずっと遠くを見ている。

「親父、おみやげ。ほら」

私は薔薇の小さな花束を振ってみせる。

「治」

「何？」

「一杯やるか。昌子、スルメをあぶってくれ」

「おとうさん、ここは病院。スルメは食べられませんよ。お酒もだめですよ」

汚れ物をまとめながら美由起が応じる。

「ここを出たら、好きなだけ飲ませてやるから。そのためにも早く元気になろうな。

退院祝いは寿司屋でやるか」

私は辰雄の耳元で嚙んでふくめるように話しかけ、言葉を置くたびに肩を叩く。辰雄は首筋をこするだけで何とも応じない。

「漬け物も大福もだめだから、今はこんなんで我慢してくれよ。花は好きだろう。盆栽やってたんだし。まあこれはちょっと違うけど、鉢は持ち込めないんだ。この薔薇、ビロードみたいできれい――」

「治」

「何だい?」

「治、治」

「ここだよ」

私は辰雄の手を握る。

「治、治」

辰雄は握り返してくるが、表情はうつろで、わが子と認識して名前を口にしているようではない。それでも私は語りかける。

「花は元気をくれるんだぞ。こうやって持って入ってきただけで、部屋がパッと明るくなっただろう。そうそう、盆栽は、ちゃんと水をやってるから安心しな。剪定《せんてい》はしてないぞ。俺がへたに手出ししたらめちゃめちゃになるからな。退院して、親父がしっかりやってくれ。ん？　何を捜してるんだ？」

辰雄は毛布をめくって中を覗き込んでいる。

「この人、タバコはあるかい？」

「タバコもだめなんだよ。それから、俺は治だから」

「おお、治。いつ帰った」

辰雄は両手で握手を求めてくる。

「今。ただいま」

「キャッチボールするか」

「あとでね。この花、そこに生けとくから。気をもらって、早く元気になろうな」

私は心の中で溜め息をつき、辰雄から体を離した。

「いつの間に。仕事が早いな」

薔薇の花束を床頭台の端に置き、鋳物の一輪挿しを取りあげる。

「何が？」

タオルを整理しながら美由起が言った。

「古いの、捨ててくれたんだろう？」

花のない一輪挿しを彼女の方に向ける。

「わたしが？　捨ててないわよ」

足下のゴミ箱を見る。前回持ってきたシンビジウムは捨てられていない。

「しおれてたから、清掃スタッフが処分したのかな」

「昌子、治は？　スキーか？」

辰雄が首をあげた。

「治さんはそこにいますよ。あらおとうさん、だめでしょう。よしなさい」

美由起が振り返り、舅の手に腕を伸ばした。辰雄は自分の首筋をこすっていた。痒《かゆ》いからそうしているのではない。手持ちぶさたな時、首筋や掌をこすって垢《あか》をぼろぼろこぼすのが若いころからの癖なのだ。息子の顔も見分けがつかなくなってしまったというのに、変な癖だけは衰えていないというのは、いったい人の脳はどういう仕組みになっているのだろうか。不思議であり、そして悲しい。

水を替えようと、私は一輪挿しを手にベッドを離れようとした。美由起の後ろを通り過ぎたところ、彼女が言った。

「きのうはまだ元気だったわ」

「今日も元気じゃないか」

手首を掴まれ腕を下げさせられても、辰雄はすぐまた指先を首筋に持っていこうとする。

「おとうさんじゃなくて、シンビジウム。きのうは元気に咲いてた。多少しなっとなっていたわよ、持ってきた時よりは。けど、みすぼらしいとまでは。だからさっき車の中で、わざわざ買うことはないとあなたに言ったのよ」

「今朝、冷え込んだよな。それで花がだめになったのか」

「ここは病院よ。温度管理は万全でしょうに」

「だったら、しおれていないのに処分されたことになるが」

「やっぱり、花は持ち込んじゃいけないんじゃないの？」

「婦長さんに確かめただろう」

病院によっては、アレルギーや感染症につながると、見舞いの花を禁止しているところもある。しかし丸山病院では、切り花で、香りが強くなく、量も少なければ、かまわないとのことだった。

「じゃあ、嫌がらせ？」

「そういうことになってしまう」

「お掃除の人が？」

「看護師かもしれない。医師、検査技師、リハビリテーション職、給食担当——病室に出入りするスタッフはたくさんいる」

「みんな、そんな悪い人には見えないけど」

「見た目はね」

と私は周囲を窺い、声を落として、

「時々ニュース沙汰になっているだろう。ストレスから患者を虐待してしまう医療従事者のこと。花を処分される程度なら、直接手を出されていないだけ、まだましなのかもしれない」

「やあねえ」

美由起は眉を寄せ、頰に手を当てる。

「親父、治だ。わかるか？　治。あんたの息子」

私はベッドを覗き込んだ。

「治、夕飯までキャッチボールするか」

と辰雄はまっすぐ見つめてくるが、網膜に映った私の顔は、脳の中でどう認識されているのだろうか。

「花があっただろう、そこのテーブルに。シンビジウム、って言ってもわからないか、黄色い花」

「釣り竿を持ってこい。アブラコの仕掛けを教えてやる」

「釣りは今度な。そこにあった花、誰が捨てたか見てないか？　黄色い花。誰が捨てた？」

「いいか治、武藤の小倅にだけは背中を向けるな。あした一発入れてこい。かならずだ。武藤は高浪の仇敵だと忘れるな」

「親父、そこの花瓶にあった花だよ。誰が捨てた？　昨晩か、今日の午前中だ」

「武藤！　ぶっ殺す！」

「訊いても無駄よ」

美由起はかぶりを振り、起きあがった辰雄を赤ん坊のようにあやして寝かしつける。

「決めつけるな。それに、こういうやりとりが脳の刺戟になるかもしれないだろう」

私は言う。

「刺戟が強すぎて、騒がれても困るんですけど」

「親父、花だよ、そこのテーブルに飾ってた花。誰が捨てたか見てないか？」

私はもう一度尋ねる。期待はなかった。ところが反応があった。

「儂《わし》は知らん」

たしかにそう言ったように聞こえた。

「ほら、質問は伝わってる」

私は興奮して美由起に肩をぶつけた。

「おとうさん、お花、どうしたの？　誰かが持っていっちゃったの？」

美由起も尋ねる。

「知らん」

「おとうさんが食べちゃったの？」

「知らん」

「食べちゃだめよ。お花は食べるものじゃないの」

「知らん」

「反射的に口にしてるだけじゃない。さっきの『リハビリ』と一緒で」

美由起は首をすくめる。その後ろで、知らん知らんと繰り返される。

私は一輪挿しの水を替え、薔薇を二輪生けた。美由起は辰雄を適当に相手しながらベッド周りを整理する。

そうこうするうちに理学療法士の男性が現われ、辰雄をリハビリテーション室に連れていった。本日は、関節可動域を改善するためのマッサージとストレッチを行なったあと、運動療法機器を使っての筋力強化を行なうという。

辰雄をエレベーターまで見送ったあと、美由起と私はホールの椅子に坐った。

白樺林を見おろす窓に面してテーブルが数卓置かれている。今はその一つで、パジャマ姿の入院患者が一人、古い雑誌を読んでいるだけだが、昼時には椅子が足りなくなることもある。ベッドから出られる患者は、ここで昼食をとることになっているのだ。大勢と接することで機能回復が促進されるという、この病院の方針からだった。

「たしかにこちらの質問に反応した」

私はまだ言っている。

「そうですか」

美由起の返事にはまったく心がこもっていない。

「たぶん、ときどき脳の回路がつながるんだよ。ただ、つながっても、すぐまた切れてしまうから、会話が成り立たない。けど、ごくたまにでもつながるということは、部品は死んでいないということだろう。根気よく刺戟を与えれば、回路がつながる回数、持続時間が増える」

「あなた、脳科学の先生でしたっけ」

「希望は持とうということだ」

「そうね」

美由起はパン屋の袋を開け、デニッシュを一つずつ配る。保温水筒から付属のコップにコーヒーを注ぐ。

辰雄は糖尿病の治療のために丸山病院に入ったのだが、糖尿病由来であちこち異状をきたしており、退院の目処《めど》は立っていない。認知症は糖尿病とは関係なく、数年前に発症し、砂浜が波に侵されるように悪化している。

たいした会話もなくパンを食べ終えると、私はタバコを喫いに屋外に出た。

三階のホールに戻ってくると、美由起は携帯電話を手にしたまま目を閉じていた。上半身を斜めにし、首はさらに深く傾け、そんな窮屈な体勢なのに、安らかな寝息を立てている。片道一時間をかけて毎日のように通っているのだ。疲れが抜けなくて当然だ。後期高齢者の世話をする側も、間もなく高齢者の仲間入りなのである。

「治さん」

突然、美由起の唇が動いた。

「はい？」

虚を衝かれ、私が裏返り気味の声で応じると、彼女はびくりと肩を動かし、目を開けた。

「やだあ」

恥ずかしそうに瞼を伏せ、指の腹で顎をこする。

「涎《よだれ》は垂らしてないよ」

「やだ」

「だから、出てないって」

「どうしてそういうことを言うの」

悪い事態を否定してやったのに、どうして文句を言われるのかとムッとし、けれどそれを言葉にすると角が立つとこらえていると、

「寝ちゃった」

美由起は両腕を挙げ、大きなあくびをした。

「鼾《いびき》はかいてなかったよ」

「だからぁ、どうしてそういうことを言うのよ、この人は」

私の心づかいは今度も届かない。けれど怒って喧嘩に発展させるようなことはしない。

「変な体勢で、首の筋がおかしくなったんじゃないか？」

「だいじょうぶ。あー、少しすっきりした」

美由起は坐ったまま伸びあがる。

「そういえば、昔よく、机に着いてそういう感じでうつらうつらしたけど、布団で寝るのとは違う、妙な気持ちよさがあったなあ」

「授業中寝ちゃだめでしょう」

「誰かさんと違って劣等生だったから」

「ホント、嫌な人ね」

美由起は片目をぎゅっとつぶる。

「で、何?」

「何が?」

「呼んだじゃない、治さんって。何用でしょう?」

私はニヤニヤしながら尋ねる。

「ああ……」

美由起は溜め息をつくようにうなずき、唇を結ぶ。

「それじゃわからないだろう」

「夢よ。気にしないで」

「気になる。どんな夢だったんだ？」

「ひ、み、つ」

美由起は歳も考えずに科《しな》を作る。

「そう言われると、ますます気になるな」

「本当は、話しているうちに忘れちゃった」

「嘘が下手だな」

「本当だって。夢って、そういうものでしょう。思い出そうとすればするほど消えていってしまう」

美由起は掌を見つめ、指を軽く握り、すぐまた開く。

時刻は把握していたが、きっかけ作りのために、私は腕時計に目をやった。

「もうこんな時間か。そろそろ行くよ」

椅子を斜めに引き、ジャンパーの前を閉める。

「ごめんね」

美由起が掌に向かってぽつりと言う。

「いいよ、夢なんだから」

「そのことじゃない」

「じゃあ何だよ」

「うん」

とだけ言い、続きはない。

「わけわかんないやつだな」

「そうね」

手を握り、開く。指が痩せ、プラチナのリングが斜めにずれている。

「謝るのは俺のほうだろう。先に帰ってすまない」

私は顔の前に片手を立てる。

「あなたこそ謝る必要ないじゃないの。仕事なんだから」

「とはいえ、行きはよいよい帰りは放置で、申し訳ない」

「べつに歩いて帰るわけじゃなし」

「ここの送迎バス、やたら遠回りじゃないか。一時間に一本しかないし」

「もう慣れた」

美由起は小さくかぶりを振る。

「二か月、か」

私もつられるように首を振る。

「そうね。暖かくなって、ずいぶん楽になったわ」

「元気そうなんだけどな」

「見た目はね」

「一人でトイレに行けるようになったし」

「人間って、すごいと思った」

「あんな歳になっても、運動をすれば筋肉が戻るんだな」

「そうね」

「生命の力はすごいんだよ。脳の機能もきっと回復する」

美由起は笑っただけで何も言わなかった。

「さ、お仕事、お仕事」

私は椅子を立った。

「行ってらっしゃい」

美由起は坐ったまま手を振った。

2

買っていっても捨てられるだけなのにと美由起は眉をひそめたが、理不尽なことに対してこちらから引き下がれば悪を許すことになると私は主張し、大げさな人ねと彼女は苦笑し、これは高浪辰雄一人の問題ではない、入院患者全員にかかわる問題だ、わが国の医療現場におけるダークサイドを放置しておくわけにはいかないと、私は自分の言葉に酔ったような状態で、車を佐久間文房具店の先に駐めた。

古いガラス戸を開けて、花をくださいと声をかけると、薄暗い店内のさらに暗い奥の方から、はーいただいまと、デニムのエプロンをつけた女性がサンダルをつっかけて現われた。

「赤と白を一本ずつ。黄色ももらおうかな」

私はバケツの切り花を指さし、

「たったそれだけで悪いね」

と、つけ加える。

「いいえ。いつもありがとうございます」

店員は笑顔で鋏を手にし、チューリップを一本つまみあげる。それに私が、

「本当は、ここにある花を全部と言いたいのだけど、病室にそれだけ持ち込んだら追い出されてしまう。スイス銀行の小切手も用意してきたのだが」

とポケットを叩いて応じ、店員が噴き出し、なごやかな雰囲気になったのだが、

「それ、オヤジギャグ？」

車で待っていると言っていた美由起がやってきて、冷ややかな目を浴びせかけてきた。

「オヤジというよりジジイなんだが、年齢的に」

とっさにしてはうまく切り返せたと思ったのだが、

「さむーい」

と、美由起は顔の半分をしかめる。

「『さむーい』とか、そっちのほうが寒いだろう、若者ぶって」

二人のやりとりに、店員の彼女は笑っている。花を持つ指は赤く腫《は》れ、白く皹割《ひびわ》れている。最近の女性で、ここまで手が荒れているのも珍しい。

美由起は、これは何、じゃあこっちはと、棚の鉢植えを指さしては店員をわずらわせたが、結局この日は何も買わず、三本で四百五十円のチューリップを携えて丸山病

院に向かった。

「お寒うございます。寒の戻りですかね」

三一一号室に入ると、山崎さんのご主人が、いつものように声をかけてきた。奥さんはいつものように目を閉じている。

磯さんの息子夫婦とも挨拶を交わしたのち辰雄のベッドに行くと、床頭台の一輪挿しに薔薇はなかった。昨日美由起が来た時にはなくなっていたという。

ベッドの周りにカーテンを引き、私は美由起に小声で尋ねる。

「それで、傷というのは？」

辰雄は、昼を食べて眠くなったのか、あるいは薬のせいなのか、胎児のようになって瞼を半分閉じている。

美由起は辰雄のパジャマの左袖をたくしあげ、手首の内側を私の方に向けた。腱《けん》に沿うようにして、十センチほどの傷が二本認められた。やはり昨日の面会時に美由起が見つけていた。

「血は止まってるな」

「きのうも滲んでいた程度だったから」

「看護師には言ったんだよな？」

「言ったわよ。でも、どこかに勝手にぶつけたんじゃないかって、それだけ。アルコールで消毒はしてくれたけど。リハビリの人にも訊いた。リハビリ中に事故はなかったって。

おとうさん、これは抱き枕じゃないんですけど。やっぱり敷き心地が悪いのね」

美由起は辰雄が抱きかかえていたクッションを引っこ抜くようにして取りあげる。

「爪で引っ掻かれたんじゃないか？」

私は辰雄の手首をもう一度見る。

「わたしもそう思う。けど、誰が虐待したのか調べろと、いきなり食ってかかるわけにはいかないわ。さわるとき注意してください、という言い方もいやみになる。看護師さんたちの心証を悪くしたら、苦労するのはおとうさんなんだから」

「泣き寝入りするしかないと？」

「そうは言ってない。慎重にいきたいのよ。ほかの病院のあてがあるのなら、強気でいくけど。あら、お目覚め？」

「昌子、メシ」

辰雄がむっくり顔をあげた。

「お昼ごはんはさっき食べたはずよ」

「マグロの目玉がうまかった」

「そんなもの出るわけないじゃないの」

「グルクンの唐揚げ、ジーマーミ豆腐」

「沖縄に行った時のことか。一度きりなのに、難しい名前をよく憶えてるわね」

「ミミガー、ラフテー、ヒラヤーチー、サーターアンダギー」

「どうしてわたしより憶えてるのよ。おとうさん、本当に病気？」

「ソーキそば、海ぶどう、クース、オリオンビール」

「沖縄、楽しかったね。治さん、日焼けが火傷みたいになって、帰ってから病院に行ったっけ」

「治」

辰雄は上半身をがばと起こす。

「よう、親父、おはよう。治だぞ、わかるか？　今日の気分はどうだい？」

私は辰雄の正面に身を乗り出す。

「治、アブラコは釣れたか？」

「ああ、大漁だ。今日は天麩羅《てんぷら》にして、残りは味噌漬けだな。それより親父、この傷、どうしたんだい？」

辰雄の手を取り、その手首が彼の目に入るように向ける。

「ん？」

「この傷だよ。ひどいことされたな。誰にやられたんだ？」

「痒い痒い」

辰雄は指先で傷をこする。

「いじっちゃだめだ。どうしたんだ、この傷。きのう、何があったんだ？」

「こんにちは。どちらさんでしたか？　まあおあがりください。おーい、昌子、お客さん」

辰雄はお辞儀をし、亡き妻の名を呼ぶ。

「訊いても無駄よ。おとうさん、これを敷いて寝てみて」

美由起は持参した紙袋の中からクッションを取り出し、辰雄の腰のあたりに置いた。褥瘡《じょくそう》を防止するためのものだ。これまで使わせていたクッションは体に合わないらしく、すぐにのけてしまうので、パンヤの量を調節してきたのだった。

「おとうさん、どう？　何か感想言ってよ。張り合いがないじゃないの」

「うん」

「うんって、どういうこと？　いい具合？」

「うん」

「わかって返事してるということにしておこう」

美由起は舅のパジャマの袖を直し、上半身に毛布を掛ける。

「さっきの話だけど、慎重にいきたいとは、虐待の動かぬ証拠を見つけるのが先ということか？」

私は小声で彼女に言う。

「そうね」

「どうやって？」

「それは、ちょっと考えないと」

「しかし、証拠を摑むには、機会が必要だぞ。次に虐待されるという。そこで証拠が摑めなかったら、さらにもう一度、二度、三度と虐待される必要がある。それでいいのか？　苦しむのは誰だ？」

「そうだけど……」

美由起は返答に窮し、ベッドに背を向けた。汚れ物を一つにまとめ、洗濯してきた衣類を引き出しに収める。

「看護師に花のことは訊いた？」

「スタッフのどなたかが捨てましたか、というふうな責める感じでは訊いてない。花の持ち込みはいいかと確認しただけ」

「で？」

「オッケーだって」

「ということは、違反だからと捨てられたのではないわけだ。つまり、悪意をもって処分された」

「そうね。残念だけど」

美由起は溜め息をつく。

「残念？　そんな一言ですませていいのか」

「すませないわよ。ただ――」

「どうにかしないと。それも早急に。これ、頼む」

私はチューリップの包みを床頭台に置いた。

「どこに行くの？」

美由起が引き留めるように腕を伸ばす。

「一服してくる」

「早まったまねはしないで」

「わかってる。気持ちを鎮めてくるんだよ」

「何か行動を起こす時には、かならずその前に相談してちょうだい」

「わかってるって」

どうしてこんなにイライラしているのか、自分でもよくわからない。

玄関の外にある喫煙コーナーで一本灰にすると、すっかり頭の血がさがった。この季節とは思えない冷たい空気も手伝ってくれたのかもしれない。

いったん中に戻り、温かい缶コーヒーを買ってきて二本目に火を点ける。

どうやったら証拠を摑めるのか。面会時間中見張っていても、家族がいる前では何もしないだろう。カメラを設置し、映像をＷｉ－Ｆｉで飛ばしてモニターするのは技術的には可能だが、カメラなど機器一式をどこに隠す。さわったら色がつき、石鹼で洗っても落ちないような薬品を花の茎《くき》に塗っておけば、犯人を追跡できる。どこで手に入れられる何という薬品？

現実的な策を何一つ思いつかず、吸殻だけを増やしていると、

「火を貸してもらえませんか」

と声をかけられた。最初は、見憶えのある顔だという印象しか受けなかったが、ライターが戻ってくるまでの間に、磯さんの息子だと気づいた。

同室の間柄とはいえ、儀礼的に挨拶を交わしたことしかない。気まずいが、いきなり立ち去るのは失礼だろう、といって男どうしで陽気の話題もないよなと、妙に気が焦っていたからだろうか。

「おたくのお母さん、どこか怪我をされていませんか？」

間を持たせようと、私はついそんなことを尋ねてしまった。

「うちは、怪我ではなく、病気です」

息子さんは左の胸を押さえた。

「ご病気とは別に、最近、怪我をされませんでした？」

「いいえ」

「擦り傷程度の軽いものもありませんでした？　あるいは、髪の毛が抜けていたとか、深爪になっていたとかいうことは？」

息子さんはかぶりを振り、どうしてそんなことを訊くのだというように目を細くした。

「ここ、昼の食事が病室の外ででしょう。移動の間に怪我をするんじゃないかと心配で」

考えるより先に嘘が出た。

「うちはまだベッドで食べているみたいです」

怪しまれているようではなかった。

「ホールでみんなと食べられるようになるといいですね」

お愛想を使い、話題に幕を引く。美由起の言葉を思い出し、急いてはいけないと自らを戒める。

「使うなら、置いていきますよ」

お愛想ついでにライターを差し出す。

「病室に戻られます？」

「ええ」

「じゃあ、お借りします」

タバコの火を落とし、パッケージをジャンパーのポケットにしまう。そして玄関に向かいかけたところ、

「ここ、どう思われますか？」

と、後ろから肩を摑まれるように声をかけられた。

「吹きさらしで、今日のような日はこたえますけど、今の時代、これが世界の標準ですからね。タバコ喫《の》みは肩身が狭いですよ。場所が与えられているだけでもありがた

いと思わないと」

そう応じるうちにまた一本喫いたくなったが、ライターは彼の手にあると気づく。

「喫煙所ではなく、病院そのもののことです」

「病院そのもの？」

「この病院、姨捨山《おばすて》みたいじゃないですか？」

「ずいぶんな感想ですね」

私は苦笑する。

「入ってるの、年寄りばかりじゃないですか。それも、みんな明日にでもどうにかなりそうな人だ。うちのお袋もふくめて」

「四階で三、四十代を何人か見かけましたよ」

「見舞いも少ない。普通、土日は大混雑ですよ」

「ここは不便ですからね」

「ここが子供病院だったらどうでしょう。不便だからといって、家族すら来ないということがあるでしょうか。回復の見込みのない年寄りだから、ほったらかしているんでしょう？　正直、僕もお袋のことを病院に押しつけている」

磯さんの息子は吐き捨てるような溜め息をつき、タバコを大きく吸い込む。親を見捨てているような自分が許せないという気持ちにさいなまれているのだろう。

彼が口にしたことは、私がまさに感じていたことだった。ここに来た初日に姨捨山だと思った。しかしそれは決して表に出してはならないという内なる声にしたがい、美由起にも言っていない。

「この病院に高齢者が多いのは、長く引き受けてくれるからでしょう。今どき、半年、一年も置いてくれる病院はなかなかないですよ」

私は大人の態度で穏やかに応じた。

そうなのだ。だから短気を起こしてはだめだという美由起の気持ちはよくわかる。

3

ガラスの重い引き戸を開けて、花をくださいと声をかけると、薄暗い店内のさらに暗い奥の方から、はーいただいまと、デニムのエプロンをつけたいつもの女性がサンダルをつっかけて現われた。

「黄色と白を一本ずつ」

私はバケツの切り花を指さし、

「たったそれだけで悪いね」

と、つけ加える。

「いいえ。いつもありがとうございます」

店員は笑顔で鋏を手にし、ラッパスイセンを一本つまみあげる。

「だんだん安くなってる」

美由起が小さく笑った。

「は？」

「前より安い花を買ってるってこと。処分されることを見越してるわけね。いい心がけだわ。買っていかないことが一番賢明だけどね」

「毎度同じ花だとつまらないだろう」

私は早口でささやいて睨みつける。店員は背中を向けて包装紙をくるくる回しているが、聞こえたに違いない。

恥ずかしく、居心地が悪くなってしまった私を置き去りにして、美由起は店員に話しかける。

「いつもあなたしか見かけないけど、一人でこのお店を？」

ええそうですと彼女は振り返り、はいどうぞと、二本きりの花束を差し出す。

「失礼だけど、こんなところでお店をしていて、お客さんは来るの？」

本当に失礼だ。私は美由起を肘で押しのけるようにして花を受け取り、代金を渡す。

「全然だめですねー。一日にゼロ人ということも珍しくないです」

店員はあっけらかんと言ってエプロンのポケットに手を突っ込み、掌の上で小銭をより分ける。千円札しかなくて申し訳なく思う。

「ゼロじゃやっていけないでしょう。ほかに不動産事業でもなさってるの？　花屋は道楽？」

美由起はなおずけずけものを言う。

「花を置いてるのはわたしの趣味です」

店員は笑って肝腎の質問は躱《かわ》す。

「ここ、文房具屋さんなのよね？」

「ええ。昔、この裏に小学校があったんですよ。けど十年ほど前に廃校になってしまって」

「ああ。その話、なんか憶えてるわ」

「学校がなくなった時点で店も閉めるつもりだったんですけど、最後まで続けたいと父が言い出して。ちょうど病気になって、もう先が長くないと察したようで、だったら店と一緒に人生を閉じたいと。自分で開いた店なので、自分そのものだったのでしょう」

店員は胸の上で両手を重ねる。

「おとうさまは？」

美由起は無粋な質問をぶつける。店員は無言でかぶりを振る。暗さはない。歳月の力だろう。

「今もお店をやってらしてるということは、ごく最近までご健在でしたのね」

また無粋なことを言う。

「いいえ。廃校の二年後に亡くなりました。今も続けているのは、なんとなくだらだらと。廃業するのも、結構大変なんですよ。商品の処分とか法律上の手続きとか。個人商店の場合、赤字でもうまいことやれば生計を立てられるとわかったこともあります。ううん、でも一番大きいのは、ここで生まれ育ったことかな。去りがたい気持ちは、やっぱりあります。あ、忘れてました」

店員はあかぎれだらけの手を開き、釣り銭を差し出してきた。温かい百円玉が私の掌に落ちた。

車に戻り、仏頂面でハンドルを握っていると、美由起のほうから口を開いた。

「あなたも気になってたんでしょう?」

たしかにそうだが、それを律するのが社会的な人のふるまいというものだろう。女というものはどうして、歳を重ねると図々しくなってしまうのだろうか。しかし思い返せば、美由起の場合、子供のころから物怖じしないタイプだった。

丸山病院に着き、三一一号室を訪ねたところ、辰雄のベッドは空だった。

一輪挿しは床頭台の上にぽつねんとあった。美由起によると、先週私が持ってきたチューリップは、翌日にはもうなくなっていたという。

花瓶の水を替えてラッパスイセンを挿し、美由起はタオルケットを交換する。

「なあ、やっぱり洗濯は病院に頼んだら?」

手伝いながら私が言うと、

「ひと月に三万円も取られるのよ」

と美由起は眉間に皺を寄せる。

「そうだけど、大変じゃないか」

「手洗いならね」

「干して取り込んで畳むのは手作業だろう。それに、下着は汚れがひどいし」

「入院前からそういう下着を洗ってたわ」

「そうだけど、疲れてるように見えるから」

「見えるだけじゃなくて、実際に疲れてます」

美由起は首を傾け、肩を叩く。

「長期戦になることは確実なのだから、手を抜けるところは抜いておかないと、体がもたないぞ」

「でも、三万よ、三万。だったら、その半分でわたしがお寿司や焼肉を食べて精をつけて、洗濯をがんばる」

そんなやりとりをしていても、辰雄は部屋に戻ってこない。

「倒れてないかしら」

美由起が不安そうだったので、私はトイレを見にいった。辰雄は個室にもいなかった。

ほかの階のトイレにも行ってみた。扉が閉まっている個室は叩いて名を呼んだ。辰雄はいなかった。

性別の区別がつかなくなっているのかもしれないと、女子トイレを美由起が確認し、その間私は病室を覗いて回ったが、辰雄の姿はどこにもなかった。

まさか容態が急変して手術でもと看護師に訊くと、お元気ですよと言う。この時間、リハビリや検査の予定も入っていなかった。

確認を頼むと、リハビリ室や検査室に高浪辰雄は来ておらず、ナースステーションにも緊張が走った。辰雄は認知症だ。院外に出ていってしまった可能性もある。

「たった二人?」

ナースステーションを出ていく看護師を見送りながら、美由起が眉を寄せた。

「ほかの患者を放り出すわけにはいかないだろう。それにほら、今どこかに電話してるじゃないか。ほかの階からも人を出してくれるはずだ」

そう彼女をなだめ、私たちももう一度トイレからあらためてみることにした。

トイレから病室、そのあとロビー、売店、外来と回ってみても辰雄は見つからなかった。痕跡も摑めなかった。

むなしく時間が過ぎるうちに私は、辰雄がいなくなった理由がわかった気がした。

毎度処分される花や体の傷から、辰雄は病院スタッフに虐待を受けていたと考えられる。今日もまたひどいことをされ、彼はそれに耐えきれず、逃げ出したのではないか。

だとすると、病院の外に出ていった可能性が高いのではないか。

だとすると、命にかかわる。自分が今ある状況を認知できていなければ車を避けられないし、夜はまだ冷え込む。

よけいに心配させまいと、そこまでは口には出さずに考えていたが、最悪の事態を招かないためには、院内を回るより、車を出して外を捜索したほうがいいと判断し、その旨を美由起に伝えた。彼女に異存はなかった。

一階を回っているところだったので、そのまま飛び出していきたかったのだが、車で捜しにいくと一言残すために、いったん三階に戻った。

「高浪さん」

と大声で呼びかけられたのは、階段からナースステーションに向かっている時だ。

私たちが「ウォンバットちゃん」と綽名をつけている小太りの看護師が、ゴム鞠が転がるようにこちらに近づいてきながら手招きをしていた。

「辰雄さん、いました」

「えっ!?」

美由起と私はハモるように声をあげ、顔を見合わせた。続いて、

「怪我は？」

と美由起が訊き、

「どこにいました？」

と私が尋ねた。

ウォンバットちゃんは息が切れており、すぐには答えられない。

「無事なんですね？」

美由起が詰め寄る。看護師がうなずく。

「どこにいたんです？」

私は再度尋ねる。

「安治川《あじがわ》さんのところです」

看護師は体を反転させて歩きはじめた。

「安治川？」

「個室の患者さんです」

「この階の？　病室は個室もふくめて三度覗きましたが」

納得がいかないまま廊下のはずれまで達した。

「安治川さーん、入りますよー」

看護師は一言声をかけてから三〇一号室のドアを開けた。ネームプレートには〈安治川須恵《すえ》〉とある。

六畳ほどの個室だ。窓の方にベッドがあり、束ねたカーテンのところに丸椅子が二つ置かれている。しかし誰も坐っていない。立っている者もいない。ベッドに患者が寝ているだけだ。たびたび覗かせてもらった時もこんな感じだった。

この部屋にはトイレがあるが、辰雄はそこにもいないはずだ。各個室にはトイレが設けられていると二周目に気づき、その中も調べるようにした。

と思っていたら、やはりウォンバットちゃんはトイレのドアの前を素通りした。足はベッドに向かっている。

ベッドの毛布の端からは半白の後頭部が覗いている。これが辰雄？　違う。彼はきれいな銀髪で、もっと刈り込んでいる。

看護師はベッドの足の方から向こう側に回り込み、美由起と私を手招きした。そして私たちが横にやってくると、毛布をそっとめくった。

「定時の測定で来たら、こうだったんですよ」

「あらやだ」

美由起がいち早く声をあげた。

辰雄はベッドにいた。体を胎児のように丸め、安治川須恵の胸に顔をうずめるようにして寄り添っていた。安治川須恵の片腕は辰雄の背中に添えられている。抱きしめているようにも見えるが、彼女の瞼は半分閉じており、覚醒しているのか判然としない。

「たまにあることなんですけどね」

ウォンバットちゃんは苦笑いする。

「常習犯なんですか」

美由起は困ったように眉尻を下げる。

「病棟全体でたまにということです。高浪さんがこうしているのははじめて見ました」

「自分のベッドがわからなくなって、ということではないんですよね？」

私は尋ねる。

「そういうケースもありますけど、たいていは自分の意志によるみたいですね。何をどこまで求めてなのかは、人それぞれです」

辰雄はパジャマを着ている。乱れているふうはない。

「やあねえ、男って。こんな歳になっても」

美由起が睨むようにこちらに顔を向ける。

「女性のほうからという場合もありますよ」

と補足があり、だってさと私は美由起を見返す。

「高浪さん、高浪辰雄さん。お部屋に戻りますよ」

看護師は辰雄の耳元で呼びかける。肩を揺する。辰雄はむずかるように首を振り、やがてとろんとした目を開けた。のっそりと上体を起こし、下半身をベッドの横の方に移動させる。

「やだ、おとうさんったら」

美由起が小さく噴き出した。

辰雄は脚をベッドからおろしているところだ。何がおかしいのだろう。上履きを足の指先でもたもた探っているが、いつものことだ。パジャマのボタンはかけ違っていないし、ズボンもずりさがっていない。

「犯人はおとうさん」

私が辰雄の方に首を突き出していると、美由起に横から腕を叩かれた。彼女の顔は床頭台に向いていた。

テーブルの上に切り花が横になっていた。長くその状態だったとみえ、すっかりしおれ、花びらは茶色になり、茎から落ちてしまっている。

「これって？」

「そうよ」

「やるな」

「まいったわ。ボケてるのか、冴えてるのか、どっちなの」

美由起と私は顔を見合わせ、声を立てて笑う。いったい何事かと、ウォンバットちゃんが怪訝な顔をする。

その枯れた三輪は、先週私が買ってきたチューリップだった。辰雄はそれを安治川須恵に贈ったのだ。

その前に消えた薔薇やシンビジウムも、愛情を表現するために辰雄が用いたのだろう。彼の手首の傷は、自分が手にしていた薔薇の棘によるものだったのだ。

4

ガラスの重い引き戸を開けて、花をくださいと声をかけると、薄暗い店内のさらに暗い奥の方から、はーいただいまと、デニムのエプロンをつけたいつもの女性がサンダルをつっかけて現われた。

「薔薇を——」

と言いかけると、

「お久しぶりですね」

と彼女が笑いかけてきた。

「そうだね。ずいぶんごぶさたしてしまった」

「今日は薔薇ですか？」

「うん。六十一本――、はないか」

と、並んだバケツを見渡す。

「六十一本？」

「六十一本」

「全然足りませんねぇ」

女店主は白い歯をこぼす。

「そう。残念でした」

私は他人事《ひとごと》のようにつぶやく。それから頬を軽く叩き、腕組みをし、顎をさすってから、

「じゃあ、あるだけもらおうかな」

と、バケツに向かって指先でくるりと輪を描いた。

「気をつかっていただかなくてもだいじょうぶですよ。潰れませんから」

店主は笑う。

「ボランティアを気取ってるのではないよ。本当にそれだけ必要なんだ」

「でしたら喜んで。明日なら六十一本用意できますが」

「いや、今日でないと。今あるだけもらっていくよ」

「承知しました」

店主は鋏を手にしてバケツの前に片膝を突く。

「退院祝いですか？」

「え？」

「丸山病院にいらっしゃってるのでしょう？」

「ああ、まあ」

「いつも二、三本しか買われなかったのは、病室にはたくさん持ち込めないからですよね？　なのに今日こんなにたくさん買われるということは、病室に持ち込むのではないから、病院から出てきたところで渡すから、すなわち退院祝い」

「名推理だ」

私は手を叩く。

「なーに、簡単なことですよ、ワトソン君」

彼女はおどけて立ちあがり、作業台の上に、いつもより大きな包装紙を広げる。

「タバコ、いいかな?」

「どうぞ」

私は一歩下がってタバコをくわえる。

「今日は、奥様は?」

薔薇の頭を揃えながら、店主は道路の左右を見る。

「家内?」

私は反射的に口にし、そのあと少し躊躇したが、

「家内とは別れたよ」

と言った。

「そうなんですか」

彼女は神妙に応じ、それきり口をつぐんだ。

タバコを半分灰にしたところで携帯灰皿に捨てる。黙々と作業を続ける背中に向かって話しかける。

「『男鰥《おとこやもめ》に蛆《うじ》が湧く』と言うけれど、ベテランにもなれば、とくに不自由はないな。

この服だって、一日着たら洗う。アイロンも自分でかける」

「ベテラン？」

店主が手を止めた。

「もうすぐ十年選手」

「十年？」

「いつも一緒にきていた女性は、ただの知り合い」

「そうだったんですか」

「夫婦に見えた？」

「はい」

「じゃあ、今度彼女を見かけたら、ぜひそう言ってやってちょうだいよ」

私は自嘲気味に笑う。店主は怪訝な顔をしたが、何も返さずに作業に戻った。

花束ができた。数えてみると、薔薇は十二本だった。

「かつてない散財だ」

財布を開き、代金を渡す。

「どうもありがとうございました。またのお越しをお待ちしております」

店主はうやうやしく頭をさげる。

「残念ながら、またのお越しはないかな」

「え？　ああ、そうでした。退院されるんですものね。おめでとうございます」

「いや、死んだ」

店主が目を見開き、呆然としたまま固まってしまった。

「もう少し話していっていいかな？　忙しい？」

「いいえ。うちは、ごらんのとおりで」

「これ、いい？　虚弱体質で。いや、歳か」

古傷が疼く腿をさすり、逆さにしてあったバケツに腰かけようとすると、折り畳み椅子を出してくれた。

「一緒に来ていた彼女は、早くにご主人と死別して、お舅さんとの二人暮らしだったんだ。お姑さんはご主人より先に他界していた」

高浪辰雄、美由起の二人と出会った当時を思い出しながら、私は話しはじめる。花屋の彼女は作業台の端にもたれるようにして立っている。

「彼女の亡くなった旦那には弟がいたから、そちらが実の父親を引き取るのが筋だと私は思うのだけど、長男の嫁である自分が最後までめんどうを見るべきであるというのが彼女の考えだった。まあ、日本の習わしからいくとそうなんだろうけど、ここのお舅さんは認知症で、人一倍手がかかるわけ。それを血縁のない彼女が一人でしょいこんでいた」

「大変ですね」

「最初は自宅介護でデイサービスを利用していた。私はデイサービスセンターで二人と出会ったのだが、そのうち、お舅さんの糖尿病がひどくなり、入院することになった」

「丸山病院に？」

「そう。入院という事態になったということは、それだけ状態が悪いということだけど、彼女にしてみれば、手が離れて負担が相当減ったと思うよ」

店主は大きく二度うなずいた。わがことを思い出したのだろう。

「入院して、お舅さんの状態はずいぶんよくなった。戦中戦後を生き抜いた人はものが違うと、つくづく思ったよ。けれど認知症が進行し、彼女のことが誰だかわからなくなっていた。あれだけつくしているのに、名前も顔も忘れられてるんだぜ」

「やりきれませんね」

「それから、しきりに長男の名前を呼んで彼女を困らせるようになった。治はどこだ、治は元気か、治に話がある――そう言われても、この世にいないのだから、連れてきようがない。だろう？

　そこで私は彼女に一つ提案した。自分が治さんのふりをしてはどうか。長男を装い、適当に話を合わせる。話し相手になるだけにすぎないが、それでお舅さんの気持ちが落ち着くのなら、それも一つの孝行なのではないか。顔の見分けはつかないのだから、似ている似ていないは問題ない」

「なるほど、それで丸山病院に通うようになったんですか」

「通うといっても、週一だったけどね。仕事があるから、毎日は来られない。それも、職場で長めに昼休みをもらって抜けてくるわけだから、三十分も相手にしてあげられたかどうか」

「週一ということは、お見舞いに行く時にはかならずうちに寄ってくださっていたのですね」

　店主ははたと手を打ち、合わせた両手を唇に当てる。

「そうだね。お舅さんを喜ばせたかったというより、部屋を明るくしたかった。病室って、陰気だろう？　見舞ってる自分の気が滅入ってしまう」

「贔屓にしていただき、ありがとうございます」

　店主は丁寧にお辞儀をする。

「頭をさげるのはこっちだ。いつも二、三本しか買っていかなくて申し訳なかった」

「そんなことありません」

「たったそれだけしか買わないというのも、恥ずかしいものなんだよ。嫌な顔をされやしないかと、内心ひやひや。こう見えて小心者でね」

私は胸に手を当てる。

「でも、いい人です。病気の人のために一肌脱いだ」

彼女の笑顔は自然で穏やかだ。

「いい人なもんか」

私は唇をへの字に曲げる。

「ご謙遜を。相手は赤の他人ですよ。なかなかできることではありません」

「いけないなあ。あなた、そんなことじゃ、悪い男にひっかかっちゃうよ」

私はふっと笑い、彼女は笑みを消す。

「私はね、認知症で糖尿病の爺さんのためにやったんじゃない。その嫁である彼女を助けたかっただけだ。いや、その表現にもごまかしがあるな。事実は、私は彼女に惚れていて、彼女のそばにいる口実としてお舅さんを利用したんだ。親切な人、情け深い人、頼りになる人をアピールして、点数を稼ごうとした。そういうのを、いい人とは言わない。ずるい人だ。

もっと正直に言ってしまえば、この爺さん、早く片づいてくれないかとさえ思っていた。そうすれば彼女は心身ともに余裕ができ、私のことをもっと見てくれるだろう。こちらとしても、病床にある身内を抱えている人を正面から口説くわけにはいかないからね。

ここは笑っていいんだよ。あるいは軽蔑の眼差しを送るか」

彼女は困ったように目を泳がす。

「じゃあ、もっと軽蔑しやすいようにしてあげよう。

丸山病院に入って四か月、お舅さんは肺炎に罹《かか》り、あれよあれよと容態が悪くなり、呼吸器感染症により亡くなった。糖尿病のほうはゆっくりとだが確実に快方に向かっていたというのに、人の体はわからないものだね」

店主は何かに気づいたように二度うなずいた。

「そう、亡くなったから、花はもう必要なくなり、こちらに買いにくることもなくなった。いや、菊がいるか。すべった？」

「では、今日の薔薇はお供え用に」

彼女はうなずきながら言う。

「お供えに薔薇というのはあまり聞かないが」

「生前、故人が好きだったのであれば、華やかな花でもお供えしますよ」

「これはプロポーズ用だよ」

「えっ？」

薄く紅を差した唇が、驚きの言葉を発した状態で動かなくなった。

「愛しの彼女は今や重荷から解放された。私が待ち望んでいた状況が訪れたんだ。本来なら一周忌がすむまで慎むべきなのだろうが、私もいい歳だ。想いを告げずにコテンなんてことになったら、この世に思いを残すことになる。喪中ではあるが、忌は明けているから、誕生日を祝うくらい許してもらおう」

「六十一本というのは歳の数？」

「そう。どうだい、軽蔑したくなってきただろう？」

「数が足りなくてすみませんねえ。よそで買い足します？　近くの花屋さん、教えましょうか？」

さすがにあきれているようだ。

「それにはおよばない。十二本しかなかったことが、わが命《めい》だ」

私は薔薇の花々を上から覗き込む。店主は首をかしげる。

「とっくに失恋していたんだよ」

彼女は反対側に首を倒す。

「親切ぶったり、紳士を気取ったり、おどけたり、からかったり、金離れのいいところを見せたり、母性をくすぐらないかと頼りない男を演じてみたりと、あの手この手で彼女の気を惹こうとしたのだけれど、反応が今ひとつなんだよ。といって、はっきり拒んでもこないので、手を替え品を替えつきまとっていたところ、やがて彼女の気持ちが見えてきた。

手のかかるお舅さんを抱え込んでいたのは、家制度に縛られていたのでも義務感からでもない。汚物まみれの下着の洗濯を自分の手でしていたのは、金を惜しんでいたからではない。

亡くなった旦那を愛していたからなのだ。いや、過去形ではなく、今なお愛している。愛する人の父親だから、苦労を厭《いと》わなかったのだ。子供がいれば、夫の面影はそちらに投影したのだろうがね。

とにかく、私の入り込む余地など最初からなかったし、固く閉ざされた扉をこじ開けることも無理なんだよ。死別して二十年だというのに、結婚指輪をはずさず、面影を愛し続けられるとは、どれだけいい男だったんだろうね。嫉妬すらできないほど、私とは格が違いすぎる。

私は自分の恋がかなわないことを悟った。ただ、彼女には長い間好意を寄せていたから、わかりました黙って身を引きますさようならと、一瞬でスイッチを切り替えることはできない。脈はないとわかっていつつ、どうにかならないかとつきまとい続けるわけさ。

そうするうちにお舅さんが亡くなる。一つの壁が取り払われたことで、どうにかなるんじゃないかという気持ちが強くなる。彼女の誕生日が近づき、心が落ち着かなくなる。しかしどうにかならなかったら無駄に傷つくだけだし、彼女にも嫌な思いをさせてしまうことになる。

笑えるだろう？　還暦を過ぎた爺さんが、乙女みたいに揺れていたんだよ。そして揺れすぎて頭がおかしくなってしまったらしく、乙女のようなことを思いついてしまった。

彼女と通った思い出のあの花屋で薔薇を六十一本用意できたら、それを彼女の元に届けよう。用意できなかったら、縁がなかったものとあきらめよう。これも花占いの一つかな。そして御託宣は、見てのとおりだ」

私は天を仰ぎ、十二本の花束を額に当てる。

女店主は言葉を見つけられないようで、伏し目がちに突っ立っている。私はタバコをくわえたが、ちっともうまくないので、半分も喫わずに火を消した。

整備不良のトラックが黒煙をあげながら坂を登っていき、この寂しい山道にしては珍しく、そのあと車が三台も続いた。

「返金しますよ」

長考のすえ、店主がエプロンのポケットから千円札を取り出した。

「お気づかいなく。これは大切に使うよ」

私は花束を胸に抱く。

「やはり気持ちは伝えるのですね」

「いや、それは未練だ」

「じゃあ、カードはつけずに、玄関先にそっと置いて帰るとか」

「そういう気障《きざ》はできない性分でね。私は即物的なんだな。ということで、はい」

私はつと立ちあがり、両手で花束を差し出す。きょとんとした反応が愉快だ。

「花は売るほどあるから、贈られても嬉しくない？　花屋さんは人から花を贈ってもらえないだろうから、プレゼントとしては結構意外じゃない？　ここに来るのは今日かぎりとさっき言った気がするけど、それは撤回ね。そのうちまた顔を出すから、そのとき暇だったら食事でもどうかな。お互い独り暮らしなのだから、たまには誰かと食卓を囲むのも悪くないでしょう」

あっけにとられている佐久間さんを置いて、私は車に向かう。

清少納言によると春はあけぼのだそうだが、恋もはじまりの時が一番だ。ステージに上がる時のような緊張感と高揚感がたまらない。

恋なんて、うまくいく時もあれば、うまくいかない時もある。うまくいかなかったからといって、嘆くことも涙にくれることもない。新しい恋を見つければ、はじまりの時の格別さをまた味わえる。

ドールズ密室ハウス

堀《ほり》 燐《りん》太《た》郎《ろう》

1952年、長崎県佐世保市生まれ。國學院大學卒業。中学生のときに都筑道夫の作品と出会い、大ファンになる。その一方で、おもちゃ好きは一貫しており、今もその興味は持続している。受験のため上京した際、都筑道夫に会い、以後親交を深める。大学生になって以降は友人からテレビCMで使うおもちゃを探して欲しいと頼まれたこともある。都筑の家に行くときは銀座のショッピングセンターなどで購入した変わったおもちゃを持参して大いに雑談を楽しんだ。そして将来ミステリを書く際は〝おもちゃ探偵〟を主人公にしようと決める。2002年刊のアンソロジー『新・本格推理02 黄色い部屋の殺人者』に収録された「ジグソー失踪パズル」の主人公・物集《もずめ》修《おさむ》はCM撮影に必要な小道具などを探してくるフリーの雑貨スタイリスト。シリーズは少しずつ書き続けられ2014年に1作目を表題作にした連作短編集『ジグソー失踪パズル』が出た。今回収録の作品はミニチュアの洋館に関わる殺人を描いており、まさに〝おもちゃ探偵〟が見事な推理を見せる。(N)

青いワンピースを着た女性は、家の中にある家の外で死んでいた。夏のある日、木造二階建ての白い洋館で起こった出来事だった。

一階の玄関ホールに隣接したひと部屋いっぱいに、十二分の一に敷地ごと縮小したその邸はつくりつけてあり、遺体は、建物の裏手を模した広い庭に横臥していた。

この部屋に窓はなく、唯一の出入り口であるドアは内側から鍵がかけられ、外に通じていたのは奥壁につくりつけられたミニチュアの洋館の両開きの玄関だけだった。この小さな玄関は閉じられていたが、鍵はかかっていなかった。

遺体の傍らに遺書めいたものがあったものの、警察では他殺の可能性も考慮されている。しかし、誰かが凶行に及んだあとでこの部屋から出たのなら、その誰かは不思議の国の少女のように「ドリンク・ミー」と書かれた小瓶の中味を飲んで十二分の一に縮んだあと、ミニチュアの玄関を出ていかなければならなかっただろう。

1

「ドールハウスなんだ。イメージどおりのものが見つかるかなあ」

ピーカンから依頼があったのは、ようやく梅雨が明けた頃だった。

JR市ケ谷駅から半蔵門に向かい、日本テレビの旧社屋の先角を折れると、銀鼠色《ぎんねずいろ》の古いビルがある。さながら明治時代の銀行といった建物で、三階にプロダクションラットという広告代理店がある。ピーカンこと松岡康二はそのプロダクションのCM制作ディレクターだ。

「期限はいつまで？」

「できれば、一週間で」

ピーカンの、できれば、という言葉は、必ず、という意味だ。

ボクは業界横文字で言えばフリーの雑貨スタイリスト。CM撮影に必要な小道具などを探してくる仕事をしている。お正月遊びの凧、独楽、羽子板遊びのセットから、新しい乗用車のCMのためにオーストラリアで調達してきたファンキーなサーファー姿のサンタクロースまで、守備範囲は広い意味でのおもちゃ全般である。必要なおもちゃを探すためにその道の専門家達を分野別にファイリングしてあるから、インターネットを検索する必要はない。なんて、見得を切るほどのこともないのだが、今回のケースでは紆余曲折の末ではあったけれど、目黒にある設計事務所からの情報で、使えそうな物件がひとつ見つかった。

「でかい家だなあ」

ボクが思わず独りごちたように、額の汗をぬぐって見上げた家は、家というより、邸と呼ぶほうがふさわしい木造二階建ての白い西洋館だった。

武蔵野市吉祥寺の郊外にある長医《ながい》邸は、もともとは明治時代にイギリス人の設計で旧華族が市ヶ谷に建てたもので、それを譲り受けたいまの持ち主の先祖が曳家《ひきや》職人に依頼し、牛車を使い、敷地の面積はおろか、土地の勾配までおなじにした現在の場所に移築したという話だった。

長医邸は、夏の午後の中に静まりかえり、そこだけが別世界のようだった。

一位《いちい》と山査子《さんざし》の木々の間を抜け、踏み石を歩いて石造りのポーチまで行くと、玄関の扉は両開きの重厚な造りになっている。ふと気づくと、扉の左側、すこし離れたところに、小さなポーチまでそっくりにつくられたミニチュアの玄関があった。近づいて、しゃがみ込んで、目を凝らすと、ドアノッカーの獅子の細工までもが金属で精巧につくってある。おそらく、この壁の裏側に目指すドールズハウスがあるのだろう。

このミニチュアのドアの精緻な細工から考えても期待できそうだ。

ボートネックのTシャツにサブリナパンツ、華奢《きゃしゃ》なからだつきで長めのウェーヴィヘア、広い額と下がった眉が印象的な女のひとが出迎えてくれた。

「ようこそ、お待ちしてました。物集修《もずめおさむ》さんとおっしゃるのね。物を集めるという苗字のせいでおもちゃを探すお仕事を、なんて質問は、きっと聞き飽きている？」

ボクの名刺を見ながら彼女が言った。遠慮のない物言いだが、不快な印象は受けない。彼女は長医庸子《ようこ》と名乗り、どんな漢字を当てるのかまで説明した声は、トーンの低いハスキーなものだった。彼女の右膝の後ろには、隠れるようにしっかり抱きついている女の子がいた。

「失礼ですが、お子さんですか」

「ええ。もうすぐ三歳になるというのに、おチビちゃんの甘えん坊で困ったものです。めぐ、きちんとご挨拶なさい」

涼しげなサマードレスを着たフランス人形のような女の子は、スカートの裾を軽くつまむと、膝をすこし折り、首を横にかしげて挨拶した。

玄関を入ると吹き抜けの広いホールだった。右奥に暖炉が切ってあり、正面には、重厚な装飾を施した手すりつきの階段があった。ボクは暖炉のまえにある座り心地の良さそうな籐椅子を勧められた。庸子さんがお茶を準備してくれている間、何気なく暖炉のほうに目をやると、昭和の時代に人気があったおもちゃがおいてあった。ボクは数年前、京都でのCM撮影のときに時計店のウィンドーでそれを見かけ、しばらく飽かずに見ていたことを思い出した。

丸い頭と卵形のお尻をストロー状の細い管でつないだガラスの鳥は金属の脚で立ち、腰を支点にして前後にかしぎ、目のまえにあるコップの水を飲んでいる。その動きにつれ、お尻に貼りつけられた柔らかそうな尾羽根が微妙にそよぐ。相対性理論を発表したアインシュタイン博士が、このおもちゃをプレゼントされて、その永久とも思える運動原理を発見しようと、すわって楽しそうにながめていたが、ついに原理は発見できなかったというエピソードをもつガラス細工の鳥だ。はじめに薄いフェルトを貼った鳥の頭を下げてくちばしをコップの水に浸してやると、すぐにひょいと頭を上げて、何度か前後に振ったあと、今度はひとりでに頭を下げて、水を飲む仕草をする。水を飲むと頭を持ち上げ、頭を下げては水を飲む。

一般には「水飲み鳥」と呼ばれているが、飽きることなく水を飲む動作を繰り返す不思議な鳥の秘密は、からだの中に密封してある揮発性の高い液体の存在だ。特許庁において、玩具類は百二十類に分類されているが、この実用新案出願公告、昭二七－三九一二号は半世紀以上もまえに出願されたおもちゃで、考案者は小林直三《なおぞう》、出願者は平田棟雄《むねお》。実際に平田化学（科学ではなく、化学。水飲み鳥の反復運動は化学ではなく科学現象だが、平田氏によると「字が簡単だから」という理由で化学にした由）によって最初の製品がつくられたのは敗戦後の昭和二十四年六月、広島においてで、出願品は『平和鳥』と名づけられていた。実は、この水飲み鳥の原型はそれより三年前の昭和二十一年六月に、熱力学エンジニア、マイルス・V・サリバンがアメリカ特許庁のPAT.2402463を取得しているのだが、彼が特許庁に出願したのは、奇《く》しくも広島に原爆が投下された昭和二十年、一九四五年八月六日だった。

「水飲み鳥か。最近は、まったく見かけなくなったな」

その時、青いノースリーブのワンピースを着た女性が二階から降りてきた。思わず口にしたボクの声が聞こえたのだろうか、

「私の好きなおもちゃですの」

と言った。あとで庸子さんから聞いたが、この女性は、庸子さんのお姉さんの陶子《とうこ》さんだった。

まいましたの」

「子どもの頃、父は私をよく縁日に連れていってくれました。ある日、露店で水飲み鳥を買ってもらったんですが、もうすぐ家に着くというときに落っことして割ってし

やさしく、おっとりとした話し方だ。

「泣いている私を背負って帰り着くと、父は手品をしてくれました。おおきなハンケチを麻のズボンからとりだして目のまえで振ったので、何がはじまるのかとワクワクしていると、さっとどけたハンケチの向こうで、さっき割れたはずのあの鳥がコップの水を飲んでいましたのよ」

子どもにもどったように、彼女は目を輝かせた。

「驚いて質問する私に、種明かしの代わりに動きつづける仕組みをわかりやすく教えてくれました。おおきな膝の上で」

「やさしいお父さんだったんですね」

「ええ、私にはやさしい父でした。そうそう、それから三日経って、やはり、割れた鳥ではなくて、別の鳥だと気づきました。手品で出てきた鳥は透明でしたが、縁日で買ってもらった鳥は赤かったのを思い出したのです。鬼の首をとったように父に話すと、困った顔ひとつせずに、こう答えました。『縁日で買った鳥はお祭りでお酒を呑

んでいたんだ。でも、お家に帰り着いて、酔いが醒めたんだよ。パパもそうでしょう』ですって」

冷茶を持ってきた庸子さんがボクの後ろに立ったまま、お姉さんの話をじっと聞いていた。

「ですから、いまそこにあるのは、おもちゃ好きだった父が買ったもので、もう半世紀以上もまえのものです」

彼女は淋しそうに笑った。

「あら、私ったら、余計なおしゃべりをいたしました。どうぞ、ごゆっくり」

ボクではなく視線を庸子さんに向けてそう言うと、彼女はドアから出ていった。

「いまの話、随分まえに私が姉に話した私自身のことなの。私が父にかわいがられるのを姉は羨ましく思っていたのね」

庸子さんが眉をひそめて言った。

「そうだわ。ドールズハウスを見ていただくんでしたよね。父は、それをことのほか大切にしていました。さあ、こちらです」

ドールズハウスがあるのは、いまいるホールのすぐ隣の部屋だった。庸子さんは真鍮のドアノブを回して手前に引いた。

この時の不思議な感覚をボクはしばらく忘れることができないだろう。部屋の扉は別の世界へ通じる入り口で、見た瞬間、ボクはガリバーになってリリパット国に迷いこんでいた。いま目のまえに広がっている光景は、現実の大きさを縮小したものではなくそれが実際の大きさで、ボクのほうが、いきなり巨人になってしまったように思えた。

八畳の洋室空間いっぱいに、裏庭から見た長医邸のジオラマが広がっていた。部屋の奥に向かって敷地全体をなだらかに高くしてあるのも、実際の地形どおりらしい。

正面の壁の中央に、長医邸そのものを縮小したドールズハウスがつくりつけてあった。周囲の壁は騙し絵《トロンプルイユ》の手法で、移築した当時の武蔵野の雑木林が細密に描いてあり、部屋全体に拡がる家屋敷の実在感はつくり物のそれではなかった。半球形になった天井を見上げると、青空に浮かぶ雲までが、すこしずつ動いていた。

「雨や雪は無理だけど、風は起こせるの。雲は幻燈機で映していて、プラネタリウムが四季折々の星も見せてくれるのよ」

屋根の四隅にワイヤーがとりつけてあり、右の壁にあるクランクを巻き上げると、屋根が浮き、二階の部屋と一階まで吹き抜けのホールが見渡せるようになっていた。さらに隣のクランクを巻き上げると、二階の部分も浮いて、一階の全体が見えた。庸子さんの説明によると、畳一枚が煙草のパックを横に三つ並べた面積で、八畳の部屋は三十センチメートルの正方形になっているそうだ。

夢中で見ていると、いつの間にか、ホールで絵本を見て待つように言われていためぐちゃんがボクのすぐ横に来ていて、よく見ようとして覗き込んだ拍子に、手をついて一階の出窓を壊してしまった。

「めぐ、何やったの！」

クランクのところにいた庸子さんは、めぐちゃんが吹き飛ぶくらいの声で、叱りつけた。

「ママの言いつけが、どうして聞けないの！」

庸子さんは、いやいやをするめぐちゃんを横抱きにしたまま二階へ連れていった。火がついたような泣き声が遠のき、ようやく静かになったと思っていたら、しばらくして、庸子さんが戻ってきた。

「お騒がせしてごめんなさい。めぐ、泣きつかれて眠ったわ。今朝、早起きしてたから、きっと、オネムだったんだわ。でも、姉も私も、ほんとうの価値が理解できないからと言われて、十五になるまでこの部屋に入れてもらえなかったのよ。あ、話を戻しますね。このドールズハウスの家具調度は、昭和の初め、曾祖父の代に誂えた四代小林礫斎《れきさい》の拵《こしら》えだと聞いています」

小林礫斎作だと聞いてボクは合点がいくと同時に驚いた。なるほど半端な作りではないわけだ。どこかにまとまって存在するという噂があった礫斎コレクションはここにひっそりと眠っていた。

四代小林礫斎。本名夏太郎《なったろう》。通称「小夏」は、明治十七年、浅草馬道生まれの牙彫《げぼ》り、指物職人で、昭和初期に数多くの超ミニチュア、茶道具、屏風、簞笥、玩具、三面（碁盤、将棋盤、双六盤《すごろく》）などの遊戯具、文机、硯屏、硯箱、武具、印籠、三曲（箏、三弦、胡弓）、三棚（黒棚、厨子棚、書棚《ふみ》）などをつくった。礫斎が素地をつくり、彫金師、蒔絵師がそれぞれの得意分野を担った作品も多いのだが、東都の名工達と共作したコラボ作品には「拵　礫斎」と銘が入れてある。自ら繊巧《せんこう》美術と名づけたミニチュア群は、見ているものの息が詰まりそうな出来映えである。作品の一部が、二〇一五年四月下旬、墨田区横川に移転した『たばこと塩の博物館』に所蔵されているので、機会があれば、見ることができるだろう。

ボクは庸子さんの了解を得て、すぐに写真を撮りはじめた。

ドールズハウスがある部屋は、おなじ位置にドールズハウスがつくりつけてあった。実際の大きさの十二分の一をさらに十二分の一に縮小したその家はパウンドケーキ一本分くらいの大きさで、ミニチュアの世界のそれも屋根と二階がはずせて一階を見ることができた。ドールズハウスの中のドールズハウスの中にもドールズハウスがあった。十二の三乗分の一のドールズハウス、それは横長のキャラメルひと粒くらいのかわいい家だった。

ボクは以前、アンティークショップの店先で目をうばわれた国産の粉ミルク缶に印刷された絵を不意に思い出した。業務用缶詰ほどもあるおおきいブリキ缶の中央、赤い背景に青いワンピースを着た女の子が立っている。女の子は両手でおなじ粉ミルク缶をかかえている。その缶にも女の子の絵が描いてあって、両手でおなじ缶をかかえていて、その缶の中の女の子もミルク缶をかかえている。見ていたボクは、ミルク缶の奥へ奥へと吸いこまれていった。古くは、オランダのチョコレートメーカーであるドロステ社がつくっているココアの箱絵にも見られる無限の自己反復……、哲学者ジョサイア・ロイスが提唱した『ロイスの地図』として知られる、めくるめく構図だ。

ドールズハウスの和室の隅におかれた榧《かや》の碁盤は、木目が極限に詰まった材料がつかってあった。写真に撮ると、それはミニチュアではなく、おそらく実物にしか見えないだろう。素材を選ぶ礫斎の目の確かさがそこにある。

書斎の書架にずっしりと並んでいる本は、全部で百冊以上はありそうだ。日本で豆本、欧米ではミニチュアブック、親指本などと呼ばれている小さな本である。

「『中には世界にもう何冊かしか遺ってない本もあるんだぞ』と父は言っていました。本当かどうかわかりませんが」

庸子さんが誇らしげに言った。

ボクはマスクと白い手袋を持ってきていた。貴重な美術品を手にとる時の必需品である。庸子さんはマスクは必要ないと言ったけど、手袋は断らなかった。

シェークスピアの作品、セルバンテス、ダンテ、ダニエル書、紋章学の本、詩集、画集、宗教の本などがあった。庸子さんがわざわざ見せてくれた一冊、縦横三×二センチくらいの本はいかにも貴重で高価そうだった。このラテン語で書かれた宗教関係の本は美しく彩色され、挿絵も何枚か入っていて、『羊皮紙《ベラム》に手書き写本《マニュスクリプト》』というらしい。署名入りの豆本もあった。蔵書票《エクスリブリス》を貼った本も何冊かある。昔の蔵書票自体がミニチュアの版画みたいなものだが、それが、さらに十二分の一のサイズに縮小されて、小指の爪ほどの大きさだ。ハリネズミが花をくわえた絵柄のかわいい銅版画《エッチング》の蔵書票もあった。

長医邸のドールズハウスは、台所のゴミ箱に棄てられたリンゴの芯にいたるまで、想像以上の出来栄えだった。

実を言うと、ドールズハウスは、その本来の住人である人形達を住まわせるよりも、人形がいないほうが格段にリアリティがある。このドールズハウスも書斎のライティングビューローの椅子が中途半端に引いてあることによって、ほんのいましがたまで誰かがすわっていたのだろうと思わせていた。読みかけの本は開いたままだし、灰皿には消された煙草の吸い殻まである。住むひと達の息づかいまでも縮小されて聞こえてくるような空間が、そこにはあった。

ボクは、急に頭上を見たい衝動にかられた。ドールズハウスに夢中になっているボクを、十二倍のからだの巨人が上から覗いているのではないかと思ったのだ。

2

深い森の奥に、白くて小さな洋館が、ひっそりと建っている。

旅人の視線でカメラが近づいていくと、いきなり、一階正面の両窓から両足が、二階側面の左右の窓から両腕がにょきにょきと飛び出し、屋根をかぶった頭が、目、鼻、口の順に現れる。さながら鎧兜《よろいかぶと》のように白い家をまとった女の子が、足を投げ出したまま窮屈そうに背伸びする。

これが、新発売される新食感のキャラメル『お菓子の国のアリス』のためにピーカンが描いた絵コンテだった。

ボクが送った長医邸の写真を見て、すぐにピーカンはオーケイを出し、撮影交渉も完了した。

後日、長医邸でCM資料のための撮影が行なわれた。

「ドールハウスの椅子やテーブル、本棚なんか全部わらって。全体と各部屋を別々に撮っといて」

ピーカンがアシスタントディレクターに指示をしている。

「わらって」というのは業界用語で、「邪魔なものをどかす」という意味だ。この業界は映画産業の流れをくみ、音楽業界とも関連があるからなのか、言葉を逆さにして言ったり、ほかにも独特の身内言葉、符牒がある。例えば「わらった八百屋を生かして殺せ」というのは、「一旦、カメラ視野からはずした傾斜台を再びカメラフレーム内に収めて、その位置で固定する」という意味だ。「邪魔なものをどかす」という意味の業界用語はほかにもあって、古くからこの業界にいるひと達は「エイティシックス」と気取って言うことがある。これはハリウッド映画業界から入ってきた言い回しで、バーテンダー教則本の第八十六項に「泥酔者は店外へ放り出せ」と書いてあったのが、その由来だ。

真夏の強い陽射しの中で、この日も長医邸が涼しげに感じられたのは、高くておおきな木々に囲まれて建っているからだろう。櫟《くぬぎ》や小楢《こなら》の濃い緑の葉叢《はむら》の一葉いちようが、照りつける光線をはねかえし、午後の風に揺れる様も力強く美しかった。

途中経過報告のプレゼンテーションでもクライアントの評判は上々で、箱の中のポイントカードを集めてメーカーに送るとミニチュアの家具がもらえ、さらに応募者全員の中から抽選で、ドールズハウスそのものが当たる「ミニチュア・ファニチュアW《ダブル》W《ダブル》プレゼント」という販売促進策も出来上がった。

庸子さんから電話がかかってきたのは、月曜日の午前十一時半過ぎのことだった。ボクは、まだベッドの中で朦朧《もうろう》としていた。

「開かないの。内側から鍵をかけてるみたい」

庸子さんのただならぬ様子にボクはすぐに吉祥寺の家に向かった。急ぎ一時間で駈けつけると、ドールズハウスの部屋のまえに、血の気が失せた顔で、狼狽している庸子さんがいた。

「家に帰ると、めぐが私のベッドで寝てたので、安心して私も横になったんだけど、やっぱりすぐに熟睡してしまったのね。十一時すこしまえに、鎌倉の宝石商が来たので、やっとの思いで起きて、姉を部屋に呼びに行ったけど、いなかった。それから、あちこち探したのよ。でも、お庭にも、バスルームにもいない。この部屋は鍵がかかっていたので、合い鍵で開けようとしたのだけど、中から補助錠がかけてあるみたいなの」

ボクは鍵穴を覗き込んだが、よく見えない。ノブを乱暴に廻したが、確かにロックされている。ドアを叩いても反応は全くない。何度か体当たりしたが、重い扉はびくともしなかった。

「ここにしか入り口はないですよね。ドアを壊すものが必要だな」

「ストックハウスの中に、何かあるかもしれない」

庸子さんが持ってきたのは錆びた鉈だったが、なんとか片手が入るくらい、ドアを壊せた。

手を突っ込むと、鍵穴の下に、おそらく室内から手で廻して施錠するタイプの補助錠があった。廻すのももどかしく動かしてみると呆気なく錠は解け、ドアは開いた。

照明が点いたままの部屋は、屋外のように明るかった。

ドールズハウスの裏庭に、こちらに背を向けた青いワンピース姿の女性が横たわっていた。ボクは急いで近寄ろうとしたが、お腹に刺さったままの包丁の柄とからだの下の血だまりに気づき、足が止まってしまった。意を決してのぞきこんだ顔は生気のない表情だったが、紛れもなく陶子さんだった。触れてみると、からだはすでに冷たかった。

ボクの後ろからおずおずと覗き込んだ庸子さんは、声もなくその場にくずれおちた。

その時、ボクは両手で刃物の柄を握りしめた陶子さんの向こう側に、鍵がひとつと、本の栞くらいの紙片が一枚落ちているのに気づいた。

Mein Puppenhaus will mich töten.

印刷した横罫の紙片に記されていたのは、万年筆の、細いけれどもしっかりとした文字だった。ボクはとっさに書き写し、指紋をつけないように裏も確認したが、こちらには何も書かれていなかった。

ボクが庸子さんをホールのソファに寝かせていると、二階でお昼寝をしていたはずのめぐちゃんが、目覚めてホールまで降りてきた。ひとりでおとなしくしていたのだが、ボクが一一九番へ電話をしている間に、めぐちゃんがあの部屋に向かって駈けだしていった。ドールズハウスはクランクが巻き上げられて、屋根と二階部分が宙に浮いたままの状態だ。あわててあとを追うと、めぐちゃんは陶子さんには目もくれず、ドールズハウスの出窓をつかんで、中をのぞきこんでいた。

「あっ、だめだ」

ボクはめぐちゃんを抱きかかえたが、その拍子に以前、仮補修してあった板がはずれてしまった。

救急車というのはこちらが思っているより到着に時間がかかるものだとボクは知った。しかし、たとえすぐに着いたとしても手遅れだった。陶子さんは家の中にある家の外、ドールズハウスの裏庭で死んでいた。

一一九番通報のあと、ボクはある事件で知り合った警視庁の神門《かみかど》警部補にも連絡をとった。

彼は、だぶだぶの薄茶色のズボンに半袖の開襟シャツでやってきた。猫背で首がまえに突きだし、両腕が上体に比べてアンバランスに長い。シンバルを叩く猿のおもちゃがあるが、そのシンバルモンキーにそっくりだから、ボクは彼のことを、カミカドではなく、ひそかにシンモン刑事と呼んでいる。

死因は、キッチンにあった包丁で腹部を刺した、あるいは、刺された結果の失血死だった。家の中は荒らされていないし、現金、貴金属類も盗まれていない。外部から侵入した痕跡はなかった。この時点で、警察は、自殺、他殺の見解は示さず、他殺だとしても不特定多数の犯行である可能性は低いと表現した。つまり、他殺の場合、犯人は身内や知人だということらしい。

夕方になって、千葉の木更津《きさらづ》から叔母さん夫婦がやってくると、庸子さんもいくらか落ち着いたようなので、老夫婦に彼女を委ね、ボクは長医邸をあとにした。

帰宅して調べてみると、あの紙片に書かれていたのはドイツ語だった。確かドイツ語のwill《ヴィル》は英語と違って、未来ではなく意志を表すはずだから『人形の家は私を殺すつもりだわ』とでも訳すのだろうか。

筆跡が陶子さん自身のものなら、あれは遺書だったのだろうか。

3

年上の女性から学ぶことは多い。ボクの場合、このひと月がそうだった。

最初に庸子さんとふたりきりで出かけたのは、葛飾の柴又だった。めぐちゃんが壊した部分を修理してくれるところはないかと訊かれて、面識ある指物師の家に案内したのだ。通称、常《つね》さんは江戸小物細工の名人である。忙しくてとてもだめだと門前払いをくうところを、とりあえず仕事場に上げてもらった。江戸情緒を伝える風物、蕎麦屋、寿司屋、玩具屋、履き物屋などのミニチュアが所狭しと並んでいた。傍らには、独特の型や百本以上の鉄の打ち抜き棒もおいてあり、屋根瓦独特の凹凸模様は、こういう型に水で濡らした張り子紙をあて、叩いてつくるのだと、以前聞いたことがある。出来上がったものは、浅草仲見世の江戸趣味小玩具専門店『芥子之助《けしのすけ》』に納められるそうだ。名人は制作途中の屋台を左手に持ち、右手のピンセットを休めずに応対してくれた。

「この金魚、涼しそうで、とてもかわいい」

上がるなり木桶に入った金魚を食い入るように見ている庸子さんが言った言葉に、名人は満更でもなさそうである。

「そこの金魚、桶にくらべて随分とおおきいだろう。実際の縮尺でつくっちゃったら、かえって、だめなんだ。いっくらでも小さくこさえられるけど、本物よりおおきくつくってんの。亡くなった親父の教えは、小さいものほどおおきくつくれ。まるで禅問答だよ」

庸子さんが頷いた。

「こっちのお店も、ひとはいないのに、人影が感じられる」

「若いのに、わかってるね」

庸子さんを気に入ってくれたのか、ドールズハウス修理の件は聞き届けてもらえ、ボク達はこの近くの居酒屋で祝盃を挙げることにした。

箸を使う指先が美しい。庸子さんはボクの目とおしゃべりをしたまま、口に運んだあとの箸を左手で下から支え、右手が箸を包み込むように動いて、静かに箸置きに箸をおいた。しなやかな箸運びが、彼女の指の細さをさらに際立たせていた。

長医家は、その姓がしめすように医者の家系で、曾祖父も大伯父も医者だったらしい。しかし、彼女の祖父も父親も英国王室の歴史が専門の学者で、父親は陶子さんが母親のお腹にいるときに出発して二年間、単身でイギリス留学もしていた。陶子、庸子、東洋の子と名づけたのは、やはり西洋で一時期を過ごした祖父なのだそうだ。

庸子さんはヨガに興味を持ち、インドで何年か暮らしてヨガをマスターしたり、カイロプラクティック療法にも凝って、整骨、整体師の資格も持っている。短い間だが、カルチャーセンターのヨガ教室でインストラクターをしていたこともあるらしい。四十三歳のお姉さんより十歳年下というのだから三十三歳、ボクより五つ年上だ。

「姉と私は母親が違うの。私を産んでくれたひとは、父の戸籍には入っていないのよ」

複雑な生い立ちを、彼女は、さらりと言った。

「でも、父が亡くなり、何年かしてあとを追うように母が亡くなってからは、姉は私をとてもかわいがってくれた」

湿っぽい話が苦手なボクは、話題をかえた。

「めぐちゃんはひとりで大丈夫なんですか」

「ええ。姉に頼んできたから、心配ないわ」

しばらくの間、彼女は次の言葉を言いよどんでいたが、意を決したように話しだした内容は、ボクをおおいに驚かせた。

「めぐは、戸籍では私の子になっているけど、三年まえに私が離婚した夫と、姉との間に生まれた子どもなのよ。姉は十数年まえからドイツで暮らしてて三年まえに帰ってきたの。外資系の製薬会社に勤めていた私の夫は仕事の関係でドイツに行くことも多かった……。確かに姉は子どもの頃から私をとてもかわいがってくれた。でも、一度、欲しいと思ったものは全部、自分のものにしたわ。姉は私からおもちゃをとりあげるみたいに夫をとりあげたのよ」

庸子さんは、ブランデーの水割りを一気に飲みほした。

「飽きっぽい姉の性格を考えると、結末は目に見えていた。彼のほうはいまだに未練があるみたいだけど」

「お姉さん、結婚は？」

「いつも誰かしらそばにいるけど、結婚したことはないの。いまお熱をあげてるのは、青山の『ジジ』というブティックに勤めている、姉より二十歳近くも若い佐藤という子。十歳以上若く見られたのよって嬉しそうに紹介された。しかも最近、彼のほうから結婚したいと言われたらしいの。財産が目当てだと露骨にわかるのに、言っても聞きわけてくれるような姉じゃないし……」

庸子さんが空のグラスを振った。氷が神経質な音をたてた。

「他人から見たら、うちは余裕があるように見えるかもしれないけど、内情はそうでもないの。家屋敷を鎌倉の或《あ》る人に買い取ってもらう話があるくらいなんだけど、まだ手放したくないって、姉が譲らないの。家の権利は確かに姉の名義だけど、台所事情を考えると売却せざるをえない状況なの」

「その鎌倉の人というのは？」

「先代は銀座で嚢物《ふくろもの》、江戸小物の煙草入れや飾金具、印籠などを扱っていて、いまは、鎌倉でミニチュアや根付《ねつけ》のバイヤーもしている宝石商。はじめて来た時、庭木の立派さを誉めて、自分で剪定《せんてい》をしたりして、取り入り方も露骨だったけど、姉は気に入ったみたい。そうそう、彼、最初はあのドールズハウスには目もくれず、まるで興味なさそうな態度をとっていたのよ。でも、姉は気づかなかったみたいだけど、私は、彼がドールズハウスを一瞥《いちべつ》した時の目の光をいまでも憶えているわ。しかも日をおかずに今度は初老のアメリカ人を伴ってやってきて、ひそひそと英語でやりとりをしていた。そのアメリカ人はドールズハウスのコレクターとして有名な人物だった。父の思い出だけを見て暮らしていてもお腹はいっぱいにならないということよ」

そう言って、彼女は淋しそうに笑った。

次に出かけたのは美術館だった。いや、浦安のディズニーランドへ行ったのが先だったかもしれない。その時はめぐちゃんもいっしょだった。四回目は、ボクの仕事の資料集めに原宿のおもちゃ屋さんにつき合ってもらって、ふたりで、代官山の会席料理屋『いわしや』で食事をした。

その帰り、ボクの部屋が見たいと言って、庸子さんがアパートへやってきた。

「おもちゃがたくさんおいてあるのかと思ってたけど、ひとつもおいてないのね。シンプルにすっきり片してあるのが意外だった」

「というより、ほとんど物がない部屋といったほうが早いね。あ、そうだ。つい最近、CMで使ったおもちゃならあるよ」

ボクは押し入れから段ボール箱を引っ張りだしてきた。庸子さんはブランデーの水割りを片手にリビングの床にすわって、箱が開かれるのを見ている。

中から出てきたのは、直径二十センチくらいの、ティーカップの受け皿ふたつを銅鑼《どら》のように重ねあわせた、黒くておおきいどら焼きといった趣の平べったい壺で、中央に直径五センチ強の穴が開いている。

「ドイツのミューラーというアーティストがつくったおもちゃ。直接、素手でさわってもいいよ」

彼女は目を輝かせている。ボクは慎重な手つきで床においた。壺の口をのぞきこむと、道化師《クラウン》が大の字に寝たまま、赤、黄、緑、青、紫色の玉でジャグリングをしている姿が見える。しかも、道化師自身のからだは宙に浮いている。これは3D映像やホログラムではなく、昔からある原理で、内側が凹面になったパラボラ鏡を二枚合わせることにより、底の中央におかれたものが入り口に虚像を結んでいるのだ。ミューラーがすごいのはリチウム電池で動く精密な極小ロボットで道化師をつくったことで、リチウム電池の容量が低下すると、電池を内蔵した道化師ごと装着して充電する専用充電器もつくっていた。

彼女は触ろうとしたが、そこには実体がないから空をつかむだけだった。不思議そうな顔をして中をのぞきこむ。

「道化師は底にいるのね。まあ、たいへん。ぬけなくなったわ」

底に潜んでいる道化師を見つけ、つかもうとして手を入れてしまった。右手を入れたまま彼女の表情が曇った。痛いのを我慢して手をぬこうとする。

「右の手首を切るか、魔法の壺を只のガラスの破片にするか、どちらかを選ぶしかないみたい。どうしよう」

庸子さんは当惑した顔で、ボクの顔を見ている。

ボクは工具箱をとってくると、目を閉じている彼女の前にすわった。

ハンマーを振り上げ、壺を砕く――つもりが、彼女の左手とくちびるで止められた。ゆっくりと長いキスだった。柔らかくて、最初は遠慮がちな唇だった。いつの間にか右手を壺からぬいて、両手がボクの首に廻された。

「ありがとう。手首を力まかせにひっこぬくとかして、私よりもおもちゃのほうを大事にするかもしれないと思ったわ」

ワンピースのボタンを、自分でひとつひとつはずし、上半身だけ脱いだ胸は外見の華奢なからだつきからは想像できないくらい豊かだった。鎖骨の美しさ。太腿の力強さ。年齢を重ねて得られるきめの細かい柔らかい肌。ボクが感想を素直に表現すると、腕の中でハスキーな声で答えた。

「どんな姿勢もできるのよ。お望みなら、関節だってはずせるわよ」

せっかくの申し出だったが、ボクは固辞した。不可能と思わせる現象を見せてくれるおもちゃは好みだが、日常生活に関しては、ボクはいたってノーマルでスクエアなのだ。

次の日曜の午後、ボクとピーカンが足を運ぶのは何度目になるだろう、長医邸にまた行った。書類上の手続きがあるとピーカンが言ったからだ。ちょうどその日は、指物師が下見に来る予定だった。陶子さんは不在で、庸子さんとめぐちゃんが出迎えてくれた。

庸子さんはご機嫌だった。

指物師はすでに帰ったあとで、気難し屋だが洒落っ気のある職人は寸法取りをすませると、「このままじゃあ、不用心でいけねぇ」とつぶやき、仮補修の板を軽く打ちつけていったそうだ。

「寸分たがわず元どおりになるよ。安心しな」

彼は胸を叩いて請け合ったらしい。庸子さんの表情が晴れやかなわけだ。

ボクは、この日、ミニチュアの磁器を持参していた。この佐賀県の有田《ありた》焼の赤い蛸唐草模様の花瓶は、二代満松雄山《みつまつゆうざん》が戦後につくったものだ。

雄山は昭和二十九年、『土一升、金一升』と佐賀の地元で言われていた頃、銀座の地下鉄通路に出店を構え、礫斎とのコラボ作品も作っている。昭和初めの生まれの雄山は礫斎より四十以上歳下だが、ふたりとも大酒呑みの大男で、太くておおきな手をしていたという。ルーペは使わず、下書きもせず、素材に向かうと仕事は迷いがなく、しかも早かったふたりの職人は、朝から夕刻まで仕事場に座し、おおきな掌からは想像もつかないような精緻なミニチュアを生みだしていた。

「ちひさきものは、みなうつくし」という清少納言の『枕草子』の一節を引くまでもなく、古来より、なぜ、ひとはミニチュアに惹《ひ》かれるのだろう。ボクが持ってきた小さな花瓶は、祖母の形見だ。小さなからだに合わせたような祖母の小さな部屋におおきな玻璃《はり》の飾り棚がおいてあって、下段に小指ほどの大きさに精巧につくられた蠟細工の野菜果物と並べて、親指の爪ほどの陶器類があった。

赤い花瓶はその中のひとつだった。

ボクが花瓶をポケットからとりだすとめぐちゃんが目を輝かせた。小さくて、赤い物。子どもが触りたがる条件が揃っている。めぐちゃんは手にとりたそうだったけど、庸子さんの顔を見て、じっと我慢した。そのかわりに、ボクは反対のポケットからマッチ箱を取りだして、めぐちゃんにあげた。そのおもちゃで、マッチ棒ではなく、カラフルな積木がたくさん入っている。これはドイツ製のおもちゃで、
持参したミニチュアの花瓶はこっそりドールズハウスにおいてきた。次に訪問するときに、普通の大きさでおなじ模様の花瓶をプレゼントして、「ミニチュアがあって、本物がないのはおかしいよ」と言って庸子さんを驚かせるつもりだった。

その日の夕方、庸子さんから電話があった。

「突然だけど、夜八時頃、伺ってもいいかしら」

歓迎である。

「正式にプロポーズされたみたい。姉ときたら子どもみたいにはしゃいでるわ。このところ姉の精神状態も安定しているけど、しばらくまえまですこし不安定だったたか

ら、私、姉の日記にずっと目をとおしてたのよ。求婚されたことが日記に書いてあったわ。姉はドイツ語で書いているからって安心して、日記を自分の部屋に放りっぱなしにしてるのよ」

彼女がお姉さんの日記を盗み読みしていることにも驚いたが、ドイツ語に堪能だというのも、はじめて聞いた。

今夜の彼女が盃を重ねるスピードは速く、ブランデーは、ほとんどなくなりかけていた。

「彼、今晩、泊まるんだって」

多分、庸子さんは、家にいたくないというのもあってボクの部屋へ来たのだろう。

「そんなに嫌いなの、佐藤という人」

「嫌いだわ。あの人の顔を見なくてすむのなら、蜘蛛とだってセックスできるわ。いやだ、私ったら、酔っちゃったのかしら」

蜘蛛は、庸子さんの天敵である。

「私、完全に酔っぱらってる。めぐが大丈夫なら、彼の顔も見なくていいし、相手が蜘蛛とじゃない方法を思いついたわ」

庸子さんはお姉さんに携帯電話で連絡をして、めぐちゃんがもう眠りに就いたことを聞いたとたんに、ボクにしなだれかかってきた。

「でも、まずはいっしょに呑みましょうね」

ボクはしたたかに呑んでいた。というより、ひと言でいうと泥酔状態だった。途中で酒がなくなり、キッチンにとりにいった時は足がもつれて倒れこんだくらいだ。しかし、酒瓶は落としてはいない。ボク達はひと晩かけて、どっちがより深く酔っているのかを競争しているみたいだった。

「もう五時をまわったわ、すこし眠ったら？　ママがここにいてあげるから」

そう言う彼女の目も、眠そうだ。

「いやいや、まだ五時だ。もうすこし呑もう」

しかし、彼女のほうが冷静だった。

「おやすみの時間よ、おもちゃの探偵さん」

そう言って、彼女が口移しに、ストレートのコニャックを、息もつかせぬまま喉の奥に流しこんだものだから、たまらない。甘美で多少苦みを感じたけど、燃えるようなフランスの兵士達はボクの喉を焼き、一気に胃の中へ攻めこんできた。この奇襲作戦にいともたやすく城は陥落してしまった。完璧な眠りは、起きていればその後つづいていたであろう夢さえ見させてくれなかった。

濃縮した睡眠のあと、ラジオの音楽と彼女のキスで起こされた。約束どおり彼女は傍らにいたが、七時の時報を聞いて、帰っていった。ボクは本格的にベッドへもぐりこんで寝ることにした。しかし、その四時間後に電話が鳴り、ただならぬ様子の庸子さんの声で目が覚めたボクは、すぐに吉祥寺の長医邸に向かい、陶子さんの死体の第一発見者となったのだった。

4

陶子さんの死の翌日、皮肉にも晴れ渡った空の下、白い家は、黒い喪に包まれていた。庸子さんは気丈に振る舞っていたが、目は落ちくぼみ、からだ全体で哀しみを表していた。

「めぐちゃんはどうしてるの？」

「とても元気よ。きのうは叔母に抱っこされて眠ったの。いまは庭で遊んでもらってるわ」

めぐちゃんは、あの老夫婦に、なついているらしい。

「叔母と紹介したひと、あの人が私の母なの。母の連れ合いは母の事情を知っていていっしょになったの。とてもやさしくて子煩悩なひとで、同居している自分達の息子夫婦に子どもがいないというのもあって、めぐを実の孫のようにかわいがってくれてるの」

　外に出ると、シンモン刑事と若い刑事がドールズハウスの玄関のまえにしゃがみこみ、何かを見ていた。

「きょうもすこしまえにいらして、いろいろと訊かれたわ」

　刑事達に背を向けている庸子さんが、険しい顔つきで言った。

　ボクが会釈すると、シンバルモンキーは、にこやかに挨拶した。庸子さんは「お茶をいれるわ」と言って、家の中に入っていった。

「きのうはどうも。ここは開いていたんですね。いやあ、実によくできている。実物とおなじに小さな鍵まであって、ちゃんと錠が降ろせるようにつくってありますね。しかし、ここから出入りするのは無理でしょうな、猫でもない限り」

　引っかかる言いかただ。

「自殺じゃなかったんですね、陶子さんは」

「包丁を逆手に持っての潔いひと突き。刃物の角度から自らの強い意志での行動とも考えられるんですが、ためらい傷はひとつも残っていなかった。いまの段階ではどちらとも断定できないです」

「遺体のそばにあった紙切れは、彼女自身が書いたものですか」

「被害者が残していたほかの筆跡と照合した結果、本人のものだと思われます。何か思いあたることでもありましたか」

「いえ。遺体のそばにあったので、いわゆる、遺書みたいなものだろうかと思っただけです」

シンモン刑事は興味深そうに聞いていたが、紙片の内容については口を濁した。

「遺体のそばにあった鍵は、このジオラマルームのドアの鍵だったんですか」

とたずねると、シンバルモンキーは頭をかきながら言った。

「そうです。部屋全体の鍵で、被害者の指紋が採取されました。あなたはおもちゃに関してたいへん詳しい。今後、協力していただくこともあるでしょうから、お答えできる範囲でお話ししましょう」

庸子さんがトレイに三人分のアイスティーをのせてやってきた。

「死亡時刻は、特定できたんですか」

ボクはさらにシンバルモンキーに訊いた。若い相棒が何か言おうとするのを制して、彼が答えた。

「推定時刻は、おとといの二十三時から、きのうの早朝四時までの間です」

庸子さんが帰宅したときには佐藤はすでにいなかったらしいし、あの夜、彼女を引き留めなければよかったとボクは後悔した。

庸子さんは刑事ふたりに黙礼をすると、家の中にもどっていった。

「それはそうと、ひとつ気になることがあるんですが、どうしてここだけ鍵をかけなかったんですかね？」

シンモン刑事は、ドールズハウスの玄関を指していった。

「部屋の錠はおろか、補助錠まで施錠していたくらいだ。補助錠から採取されたのは、物集さん、あなたの指紋だけでしたが、自殺する場合、あたしだったら、邪魔が入らないように、周りはすべて鍵をかけます。ま、ここは両扉をいっぱいに開いても、縦十六センチ、横十五センチだから、外からのぞきこもうにも頭も入らないが」

「正確に測ったんですか」

「一応、尺をとってみました。十二分の一に縮小してつくってあると伺って、それも気になったものですから。あたしは子どもの時分から、なんでも自分で確かめないと収まらない性分なんです。これはドールハウスと言うそうですが、この邸そのものが明治時代にイギリス人の設計で建てられたもののようですね」

飄々《ひょうひょう》としているように見えるが、さぞや執拗な刑事なのだろう。

「ところで、物集さん。ドールハウスは、どうして十分の一ではなくて、十二分の一なんですか。あ、そうか、向こうは、長さの単位が十二進法だから、その縮尺のほうがつくりやすいのか。確か、一フィートが十二インチでしたね」

おそらく、ドールズハウスについてもすでにいろいろと調べたのだろう。

「他殺だと仮定して、犯人は、中から鍵がかかったあの部屋からどうやって出たんですか」

「あたしもそれを考えてみました」

シンバルモンキーは、青い手帳と、ボールペンをとりだした。

「あの部屋の見取り図を描きます。まあ、側面図といいますか」

天井を丸い曲線で、床を直線で引き、左右に壁を表す縦線が描きこまれた。まるで丸く膨らんだ食パンの断面図といった感じだが、左右の耳の部分に、部屋のおおきなドアと、ドールズハウスの小さな玄関が、太線で描き足された。

「ドールハウスは、屋根と二階の部分が浮かしてあったでしょう。それですよ、きっかけは。あたしも最初は中から鍵をかけたあと、どうやって部屋の外へ出たのかと、それればかりに気をとられていました。しかし、逆に、外から中の鍵をかけられないかと考えてみたら、その方法がわかりました」

刑事は、手帳に描きこんだ部屋の補助錠とドールズハウスの玄関の位置を、ボクに確認させた。

「物置から見つけたんですが、これは通信販売のカタログなんかでよく見る高枝切り鋏です。伸ばせば五メートル以上もあって、高い位置にある木の実をもいだりもできる。犯人はそれを使って、家の外から、ドールハウスの玄関から施錠したんですよ」

シンモン刑事がボールペンで、手帳に描いたドールズハウスをトントンと叩く。

「ところが、ドールハウスの玄関と補助錠のとりつけ位置を直線で結ぶと、ドールハウスのこの出窓にぶつかるんです。しかし、そこのところですが、ほら、誂えたように壊れているでしょう」

その場所はめぐちゃんが壊したところだった。

「こうして口で説明するのは簡単ですが、いやあ、やってみると、かなり時間がかかりました。しかし、実際に鍵は廻せて、錠は降りました」

シンバルモンキーは誇らしげにおおきくひとつ、シンバルを打ち鳴らした。

驚いた。シンバルモンキーは、本当に試してみたらしい。しかし、ボクが、その方法は無理だと言おうとする間もなくシンモン刑事はつづけた。

「ところで物集さん。あのドールハウスというのは、どのくらいの値打ちがあるんでしょうか」

「人ひとりを殺してでも、と思うほどの値打ちはあるでしょう」

刹那、彼の目つきが鋭くなった。しかし、冗談ではなく、ボクは頭のどこかで、陶子さんは自殺ではなく殺されたと思っていた。

「そうだ、神門さん。ドールズハウスの中に、ミニチュアの赤い花瓶がありませんでしたか」

これは不意に口をついて出た言葉だった。きのう、庸子さんの意識がもどり、めぐちゃんと彼女がホールで救急車を待っている間、ボクはひとりであの部屋で陶子さんを見守っていた。そのとき、あの蛸唐草の花瓶が見当たらないことに気づいたのだった。ひとのいのちのまえに物の存在価値などとるに足りないが、あの花瓶は祖母の形見でもある。

「赤い花瓶、ああ、おもちゃのね。ありましたよ、玄関前の庭に。それが、どうかしたんですか」

「いやあ、よかった。実は、あれ、借用品だったんです」

嘘も方便である。

「そうでしたか。ほかの遺留品といっしょに署のほうで保管してありますからご安心ください。めぐちゃんと言いましたかね、あの子が持ちだしたんでしょう。念のため調べてみましたが、何も出ませんでした。採れたのは子どもさんの掌紋だけです」

やっぱり、めぐちゃんか。ボクがおいていったのを我慢できずに触ったのだろう。

シンバルモンキーは、気づいたことがあれば連絡をしてくださいと言って、帰っていった。

「姉は殺されたのかしら？」

容疑者とまでは言わなかったが、庸子さんは指物名人を訪ねた日に聞いた三人の男達の話をした。庸子さんの元夫で陶子さんに未練がある寺師《てらし》雅和。陶子さんの現在の彼、佐藤敏夫。鎌倉の宝石商、柿本頼通《よりみち》。庸子さんは、この三人にボクが会うのを望んでいるように思えたが、ボクにわかるのはおもちゃのことだけだ。それでも、もう一度だけボクが部屋を見ておこうと思ったのは、ボク自身も、どこかこの三人の男のことが気にかかっていたからかもしれない。

ドールズハウスのある部屋の中は発見時のままだとシンバルモンキーから聞いていた。人形の家は屋根と二階部分を吊っているワイヤーが巻き上げてあり、一階部分が見渡せた。書斎の書架の本が、床に散乱している。地震のあとのような有り様だ。庸子さんから白手袋を借りて、本を書架にもどしてみると隙間ができた。豆本が何冊かなくなっているようだ。念のために数えてみると、ちょうど百五十冊だった。

「庸子さん、多分、何冊かなくなっているよ」

「おとといの夜、あなたのところへ行く直前、本だけは姉といっしょに整理したのよ。そのときは間違いなく、すべてあったわ」

庸子さんは豆本がなくなっていることに驚いていた。

帰りしな、ホール全体の印象にどことなく違和感を感じて、ボクは辺りをゆっくりと見回した。暖炉の上にあった水飲み鳥がなかったことに気づいたので、そのことを庸子さんに訊いた。

「あれは割っちゃったの。あの日、宝石商がやってきて、あわててホールへ降りたときに。もう手品でだしてくれる父もいないし、あきらめなきゃね」

「今度、来るとき、ボクがおおきなハンカチを持ってくるよ」

「どうもありがとう。きのうね、姉の夢を見たのよ。子どもの頃の夢で、姉も私もストライプの水着姿で、プールから上がろうとした姉のスイミングキャップがずれて、父も私もおお笑いしたの。眠りながら、私、ほんとに笑ってたみたい。わがままな姉だったけど、いなくなると淋しいものね」

力なく彼女は笑った。

ボクはプロダクションラットで、長医邸の写真を撮っていたアシスタントディレクターと会って、ファイルを見せてもらうことができた。驚いたことに彼は詳細なリストをつくっていて、豆本は確かに百五十六冊あったと断言した。六冊がなくなっていたのだ。

ボクはピーカンの先輩、鈴木さんと打ち合わせをひとつすませたあと、日本テレビの旧社屋まで下り、BAR86へ向かった。

初めて行くひとにはわかりにくいが、不意の邪魔が入らないボクとピーカンの隠れ家だ。実は広告企画のプレゼンテーションはそこでまとまることが多い。板壁に、粗い木目の床、長いカウンターに、小さなテーブル席がひとつ、初老のバーテンダーがひとりいるだけのバーだ。カウンターの手前が絶妙にカーブしているので、のせた腕に違和感がなく、前屈みにあずけたからだは安定し、いつまでも立ちっぱなしでグラスを傾けることができる。すわって呑みたいお客のためには、奥のほうに止まり木が三つおいてある。

今夜は奥にすわっているピーカンのほかに客の姿はなく、主人もカウンターのいつもの場所でグラスを磨いていた。

「ところで、ドールハウスって、いつ頃、誰がつくったの？ それにドールハウスと言ったり、ドールズハウスと言ったり、どちらが正しい言い方なの？」

何をいまさらと思ったが、ピーカンの質問にボクは答えた。

「日本やアメリカでは、ドールハウス。言語に厳格なイギリスではドールズハウスと、はっきりSを発音する」

「確か、古いものでは、ドイツ南部バイエルンのアルブレヒト伯爵家所有のコレクションが有名だそうです。特に、一五五七年につくられた四階建てのドールズハウスは、荘厳で華麗な出来栄えだったそうですが、一六七四年の火災で焼失してしまったと、お客様から伺ったことがあります」

この老バーテンダーの言葉に、思わずピーカンとボクは顔を見合わせた。このバーテンダーは、さまざまなことを実によく知っていて、しばしば驚かされていた。

「そこに飾ってあったミニチュアの家具調度があまりにも精密にできていたので、おとなのほうが夢中になりだしたのだそうです。やがてヨーロッパ中に広まり、王侯貴族や豪商の奥方が暇とお金にあかせてそれを競い合いだしました。特に、一八〇〇年代の情操教育玩具としての、ドイツのニュールンベルグキッチンは有名ですね。しかし何事もほどほどがよろしいようで、アウグスブルクの資産家ネッゲス夫人はドールズハウスにのめりこんだ結果、全財産を使い果たしてしまったそうです」

シンモン刑事も調べていたが、現在の世界的縮尺基準、十二分の一スケールに統一された原点にクイーン・メアリーのドールズハウスがある。英国王ジョージ五世の妃メアリーはドールズハウスのコレクターで、諸外国の王族への贈り物としてドールズハウスを利用し、おおいに外交手腕を発揮した。そんな彼女自身に献上するためにイギリス中の一流の専門家達が召集され、一九二四年に当時の最先端技術を駆使した歴史的ドールズハウスが完成する。五階建ての住まいを電動で上下するエレベーターを開発したのは、実際のエレベーター会社の技術者達。車庫には、エンジンがかかり、実際に走るロールスロイスが五台。担当したのはもちろん同社エンジニアのプロジェクトチームだった。地下のワイナリーに貯蔵されているボトルには小さなちいさなラベルどおりの本物のヴィンテージワインが詰められていたし、蛇口をひねると、熱いお湯が出る給湯設備まであった。書斎、図書室に収められたおびただしい数の豆本の執筆にあたったのはシャーロック・ホームズのアーサー・コナン・ドイルはじめ実作家達で、ドイルが豆本のために一九二二年に書き下ろしたのは『ワトスンの推理法修業（How Watson Learned the Trick）』という掌篇だった。

各分野の専門家が集まってのプロジェクト会議の席上、一番に討議されたのが縮尺の問題だった。各々の縮尺でつくってしまったら最終の組み込み時点で、ちぐはぐなものになってしまう。その結果、一フィートを一インチに、つまり、十二分の一に統一することに決着したのである。

店を出る間際、ピーカンが羨ましそうにつぶやいた。

「ミニチュアだけを使って一連の企業CMをつくっているディレクターがいて、彼は精巧なポルシェのミニカーを持ってるんだけど、じっと見ているとクルマがぐんぐんおおきくなって本物の大きさになるんだって。ポルシェのシートに自分のからだが吸い込まれそうになるんだってさ」

もしその彼がたった一台のポルシェしか持っていなくても、そのひとこそ本物のコレクターだとボクは思った。

5

ボクは鎌倉の宝石商、柿本頼通に会うことにした。鎌倉には一度しか行ったことがなかったが、店舗は駅の近くらしいから、すぐにわかるだろう。

庸子さんの元夫、寺師は会社をかわっていた。電話口で応対した女性は「あいにくと、寺師は、二週間の予定でドイツに出張いたしております」と答えた。念のため、ほかのアプローチも試みたが、間違いなく、事件の前後、彼はドイツにいた。

庸子さんには、電車に乗るまえに電話をして、寺師のことを伝え、これから鎌倉に向かう旨を伝えた。意外だったのは、長医家の縁者として柿本に直接会いに行くことを伝えたときの、庸子さんの声音だった。うまく表現できないのだが、彼女は驚いていたようだった。庸子さんは、自分からも柿本に電話を入れておくと言ったあと、「ありがとう」と言って電話を切った。これで、すくなくとも門前払いはまぬがれるだろう。

鎌倉駅に着いて、時計台のある東口から電話をすると、『ジュエリーかきもと』の場所はすぐにわかった。小町通りへ向かい、通りの右側にある古美術の店を右へ曲がり、若宮大路の二の鳥居のすこし先へ抜ける小路に入ると鎌倉彫の出店があって、その隣だった。

間口の狭い店構えで、ショーウィンドーの中は濃紺のビロードを敷いた上に、袋ほおずきを象《かたど》った香合の傍らに指輪がふたつ飾ってあるだけのシンプルなもので、店内は、思っていたより奥行きが深かった。

ボクは二階のオフィスにとおされた。

パーティションで隔てただけの応接用のスペースで会った柿本氏は額が脂ぎって光り、いかにも精力的な金満家という印象だった。

「はじめまして。先程お電話しました長医の家の者です。早速ですが、吉祥寺の家に関して陶子は正式な返事をしたのでしょうか」

「この度はご愁傷様です。返事はまだですが、ほぼ決めたから直接相談したいとおっしゃって、お伺いしたのがおとといの十一時でした。妹さんが応対されましたが、ご本人はいらっしゃらなくて、私は玄関先で辞去いたしました」

顎を上げて目をすこし細め、上から見下ろすような話し方だが、見掛けとは違って甲高い声が遠慮気味で、言葉遣いはすこぶる慇懃《いんぎん》だ。

「十一時の約束をしてきたのは、若い男の声ではなかったですか」

「いいえ。長医様ご自身です」

「しかし、陶子は売り渋っていたのでしょう？」

ボクを値踏みするような怪訝《けげん》な表情で、眉間に皺を寄せて柿本は答えた。

「とんでもない。今回のお話をいただいた当初から、長医様は積極的でした」

売却に反対していた陶子さんは、もういない。死者は語らずということか。

つづけて何か言いたそうな彼を無視して、ボクは、さらに訊いた。

「柿本さん。あなたの目的は、長医邸のドールズハウスですね。もちろん邸ごと買わないと意味がない。実際の家があって、そこにつくりつけてあるからこそ縮小された人形の家が活きる」

「長医様とは家屋敷すべてをという約束でしたから、もちろん、ドールズハウスも含まれております」

明言しなかったものの否定はしなかった。

「あなたはどうしても欲しい物があったとき、譲ってくれないそのひとを殺してでも手に入れたいというコレクターの気持ちを理解できますか」

彼は心外だといった顔つきになったが、それは一瞬のことだった。

「蒐集もしておりますが、わたくしのはお遊びではなく、商いの対象です。商いとしての興味はありますが、いまのお話では、そろばんが合いません。わたくしは様々なコレクターを見てきました。さるアメリカ人に依頼されて、大名のお姫様が持っていた雛人形のお道具揃いをお世話したこともあります。これは御殿の細工の凝ったもので、随分と値の張るものでした」

日本版ドールズハウスといったところか。

「すこし迷ったあげく、彼はそれを買うことにしました。自分の総ての財産をなげうって。彼にとっては畳一枚の上に建てる人形の家と自分が所有していた広大な土地と屋敷がおなじ価値なんです。場合によっては、ひとの生き死によりも物が重要だと考えるひともいます。憑《つ》かれたコレクターというのは、その最たるものでしょう」

まるでアウグスブルクのネッゲス夫人だ。六冊の豆本のことも訊いてみたが、まったく知らない様子だった。

「おしまいにもうひとつだけ訊かせてください。ご商売に立ちいるようですが、顧客の中に元華族であるとか、うんと古風な言い廻しをすれば、身分の高いお客様はいらっしゃいますか」

「はい。ご贔屓《ひいき》にあずかっております」

ボクは注意深く切りだした。

「長医の家は、元々、旧華族が建てたものですね。柿本さん、その旧華族というのがあなた……」

彼は顎をぐっと上げて、答えた。

「わたくしの家に、爵位を持っていた者などおりません」

柿本が長医邸に固執した理由として、あの邸を手放した旧華族の縁者である可能性もあると、ボクは考えていたのだ。もしかしたら、庸子さんが話していた柿本の庭木剪定の話と、シンモン刑事が試した高枝切り鋏をつかった密室構成の方法も頭のどこかで重なっていたのかもしれない。

だが、どのみち、その施錠方法は無理なのだ。シンバルモンキーは知らなかったが、あの時そこには補修用の板が打ちつけてあった。その板は陶子さんの遺体を発見したあと、めぐちゃんを抱きかかえたときにはずれてしまったのだ。

東京にもどる車中、ボクはなくなった豆本の行方について考えていた。

西洋豆本専門店『グリミグリム』は青山通りにある。陶子さんの年下の彼、佐藤が勤めているブティック『ジジ』も青山だ。ふたつの店は、案外、近くにあるのではないか。

『ジジ』に電話をして、とっさの機転で彼の携帯電話の番号を訊きだし、佐藤と六本木の喫茶店で会う約束をすることができた。

喫茶店の中は、適度に混みあっていた。

六時をすこし過ぎたころに、それらしい男が入ってきた。

男は落ち着かない様子で店内を見回し、ボクがいるテーブルの目印、メンソール煙草のパックに気づいたようだった。

「佐藤さん、物集です」

ボクはこちらから声をかけた。すこし青ざめているのか、もともと色が白いのか、グレイのサマースーツ姿の男は、向かいのシートに腰を下ろした。

「『ジジ』はもう辞めたんだね。キミを見つけるのに、すこし手間取ったよ」

「誰に聞いたの」

細くて甘い顔立ちだが、小さな口から飛び出したのは、押し殺した太く低い声だった。

「佐藤敏夫。砂糖と塩、シュガリィソルト。『ジジ』でキミと一番親しかった子に、それがキミの学生時代のニックネームだと打ち明けたんだ。警察が店に来たときも、キミの携帯電話の番号を教えなかったらしいけど、学生時代の友人が助けようとしているのを知ったら、彼はすぐに教えるさ」

学生時代のニックネームは、ボクの創作だった。

「もし、ボクに会えなかったら、キミは魔がさしたという言い逃れはできなくなり、犯罪者になるところだったんだよ」

「どういう意味？　何かしたの、オレ？」

淡々とした声だ。

「正直に話したほうがいい。外で刑事が待っているんだ。『ジジ』にキミのことを尋ねにきた神門という刑事だ」

彼は、うつむいている。

「ボクが指定したこの店には、テレビドラマみたいに都合のいいトイレはないよ。ボクは本当のことが知りたいだけだ。それに、キミが嫌々でもここへ来たのは、後ろめたいことがあるからだ」

ボクはブラフをかけた。表の刑事も、嘘である。

「陶子のことで、話があると言うから来たんだ」

「ちがうね。キミがいた『ジジ』からそう遠くないところに、西洋豆本の専門店があるよね。きょう、キミがここへ来たのも、ボクが電話でそのことを匂わせたからだ。キミは陶子さんに、あの豆本の価値を聞いていたんだろう。ボクも『グリミグリム』に確認して、中の一冊が一千万円以上の価値があると言われたときには驚いたよ。キミは、それを知っていたんだろう」

「知ってたよ」

甘そうに見えるけど塩《しょ》っぱい男は、下を向いたまま答えた。

「陶子さんを殺したのは、キミだね」

びっくり箱から飛び出した人形みたいに、彼は顔をはね上げた。

「オレじゃない。殺してなんかいない。陶子のことは亡くなった次の日に知ったんだ。あの夜、オレは泊まるつもりだったけど、遅い時間に帰ったんだ。それに、本は盗んだんじゃない。陶子が死んだいまとなっては、そう思われると考えたし、売ったあと、確かに姿を消そうとも思ったさ。しかし、本当はそうじゃないんだ」

テーブルの一点を見つめたまま、話しつづける。

「オレたちはあの骨董屋敷を売り払って、ドイツで暮らすはずだった。だけど、陶子の妹が、家は姉さんのものかもしれないけど、ドールズハウスは自分がもらったものだと猛反対していた。いまなら鎌倉の物好きにびっくりするような値で売れるところだったのに、最終金額を詰めて、正式な手続きをすることになっていたのに……」

男の様子に、もしかすると、陶子さんが死んだと知ったあと、この男も誰かに胸中を話したかったのかもしれないと、ボクはふと思った。

「ドイツにいる陶子の友人から、手頃な家が売りに出されたから一応押さえてあると連絡が来た矢先だったんだ。あの夜、おもちゃの本を持って帰ったのも彼女がそう頼んだからで、契約完了の連絡が来ると、すぐに本を売って頭金を送金する予定だった。なのに、死んじまって……」

ボクには目のまえで肩をおとしているこの男が嘘をついているとは思えなかった。

本当にいつまでも暑い夏だ。

柿本、佐藤と会って三日が経った。

昨夜、神門警部補に電話をして、亡くなった陶子さんの日記のことを訊いた。日記は家の中のどこにもなかったと彼は答えた。このことによって刑事が日記の存在に興味を持つだろうことはわかっていたが、ボクは訊かずにはいられなかった。

吉祥寺駅から歩いていったのには意味なんてなかった。だから、途中、アーケードの中で路上販売していた水飲み鳥を買ったのも偶然だ。

門をくぐり、踏み石を歩きながら、ついと見上げた西洋館はこれまでと違い、覆い被さってくるような圧迫感があり、このまま踵をめぐらそうかと考えた。しかし、会って確かめないわけにはいかない。深呼吸をすると、ボクは、ドアノッカーに手をかけた。

「あら、いらっしゃい。ほんとうのことがわかって、もう会ってくれないのかと思っていたけど、やっぱり来てくれたのね、うれしいわ」

庸子さんのトーンの低いハスキーな声はいつもとおなじだった。ボクは彼女の声を聞いて、気持ちがすこし軽くなった。

「めぐちゃんは、どうするの？」

めぐちゃんはどうしているの、と訊いたのではなく、どうするの、とボクは訊いた。めぐちゃんのこれからのことが気がかりだったからだ。

「めぐのことも心配してくれてたのね、ありがとう」

この日、めぐちゃんは老夫婦といっしょに木更津に行っていた。正式に養子縁組をして老夫婦の息子夫婦の養女に迎えられることに決まったと彼女は教えてくれた。

「父親になるひとは私にとって弟同然だし、めぐとも大の仲良しだから安心だわ。新しい母親になるひとも、とてもやさしいのよ」

そう聞いて、ボクは安心したが、めぐちゃんが一日も早く新しい環境に慣れることを願った。

裏手のテラスにある白いテーブルに、庸子さんが冷たいお茶を運んでくれた。

彼女はボクの向かい側ではなく、横の椅子に腰をおろした。視線はおなじ方向に向けられているが、ボク達はきっとおなじものは見ていないだろう。

聡明なひとだから、持って回った言い方はしなくていい。

「ドールズハウスよりも、ひとの生命《いのち》の価値のほうが小さいの？」

「そうだったのかもしれない」

どこか遠くの景色を見ているような視線のまま、庸子さんは答えた。

「でも、最初は、そうではなかったと思う。ただどうしても、私はあのドールズハウスを手放したくなかったの」

涼風《すずかぜ》が吹いてきた。おそらく、ボク達はアフタヌーンティーを楽しんでいる仲良しのように見えるだろう。

「あなたになら私の気持ちがわかってもらえると思ったの。それに、私、あなたのお嫁さんになりたかった」

首をすくめて小さな舌を出した彼女は、はじめて恋をした少女のように見えた。

「もしかすると、わがままで嘘つきの私を救ってくれるひとかもしれないと思い込んでいたのね。あの夜も、いっしょにいれば自分を抑えることができるかもしれないと思って、あなたの家に行ったのだけど、お酒をとりにあなたがキッチンに向かったとき、急に、あしたの朝、正式な契約書を交わすと言っていた姉の顔を思い出して、いてもたってもいられなくなって……」

「その時点でキミに殺意があったかどうかはボクにはわからない。しかし、そういう事態になることも考えていたはずだ。だからこそ時計の針を三時間進めて時間を確認させたんだね。あの夜、お姉さんに電話したときに、キミは佐藤が帰ったことを知った。そして、ボクが眠ったあと家に帰り、明け方にボクの部屋にもどって、こんどは実際の時間、七時の時報を確認させて再び帰宅した。しかし、途中で、ボクが目を覚ますとは考えなかったの？　あ、そうか。あのとき、口移しに飲ませたブランデーに……」

「姉には手放すのだけはやめてと随分たのんだわ。でも姉はひどく怒って、あんなおもちゃの家がなくても、この家にはそれだけの価値があるのよと言って、父から私がもらったドールズハウスを壊しにいったの。本気でよ、ほんとうに壊しかけたのよ」

見たくないものから顔を背けるように、彼女は頭を激しく振った。

「あの日、人形の家を壊しためぐちゃんを叱ったときに、ボクは気づくべきだった。コレクターとしての血を受け継いでいたのはキミのほうだったんだね」

「気づいたときには、姉は倒れていたわ。それから、めぐを起こしたの。めぐは嬉しそうだったわ。まだ、よく目が覚めてなかったけど、倒れている姉を見ても、私が『おばちゃまはおねんねしてるの』と言うと、納得したの。めぐにとっては、これまでどんなにか触りたかったドールズハウスに触ってもよかったし、鍵をガチャガチャやったり、真夜中の楽しいお遊びだったのよ」

「めぐちゃんに補助錠をかけさせたあと、キミは庭に出て、ドールズハウスの玄関に廻り、水飲み鳥を用意して待ったんだね。いま入手できる台湾製や中国製の水飲み鳥で使用されている液体はジクロロメタン、通称、塩化メチレンだけど、昔つくられた水飲み鳥の中の液体は麻酔に使われていたエーテルが入っていた。キミは、ドールズハウスの玄関の扉からめぐちゃんにエーテルを嗅がせ、麻酔が効いためぐちゃんの両肩の関節をはずしたんだ。小児科の専門医に、両肩の関節をはずした子どもは猫となじで、頭さえとおればどんな狭いところもとおるし、三歳児の頭の平均直径が十五センチだとも教えてもらった。ドールズハウスの玄関の縦横は十六と十五センチだから、対角線上に引っ張りだして、過不足なしだったんじゃないかな」

「どうしてそれがわかったの？」

彼女は、屈託のない表情で、ボクを見上げた。

「めぐちゃんの掌紋を遺した花瓶が、庭に転がっていたと刑事から聞いたことを思い出したんだ。キミは知らなかったけど、あの日、ボクはドールズハウスの中にミニチュアの花瓶をおいていったんだよ。つまり、めぐちゃんはドールズハウスの中に入っている。めぐちゃんはドールズハウスにあったそれを見つけて、しっかりとつかんだんだ。彼からはもうひとつ、陶子さんの日記がなかったことも聞いた。日記は処分せざるを得なかったからどこからも見つからなかったんだ。陶子さんの傍らにあった走り書きは、部屋に放ってあったお姉さんの日記の一部を切りぬいて、キミがおいたものだね。『マイン　プッペンハウス　ヴィル　ミヒ　テーテン』。その前後にはおそらくキミの名前も書いてあったのだろう。『ドールズハウスの存在そのものが、自分を殺す』、つまりお姉さんはキミの殺意を予感していたんだ。ボクは、なくなっていた水飲み鳥と、道化師の壺から右手をぬいた夜のように、キミが関節をはずせることを思い出せばよかった」

「ほとんどあなたの言ったとおりだけど、ひとつだけ違ってる。エーテルは使っていないわ。あの水飲み鳥は、ほんとに割ってしまったの。だめな子ね」

彼女は自分に言いきかせるように頭を左右に振りながら、そう言うと、今度はボクの顔をしっかりと見据えて、言った。

「生まれかわったら、修さんのお嫁さんにしてくれる？」

告白は突然だ。

ボクは頷き、立ち上がった。

「嘘でも、うれしいわ」

彼女は穏やかな表情で笑うと、ボクのまえに立って、胸に顔を埋めた。

ボクは自分が立っている場所から一歩下がった。ひとりだけの観客に一礼し、おおきなハンカチをとり出し、胸のまえで広げ、内ポケットに潜ませていた水飲み鳥を出して見せた。ここに来る途中にアーケード街で買った水飲み鳥だ。

「おそらく縁日でお父さんから水飲み鳥を買ってもらったのはお姉さんのほうだった。そして、キミはそのことが、ずっと羨ましかったんだね」

庸子さんはびっくりしたような顔になり、おでこをボクにぶつけてきた。

胸の中から、瞬きもせずにボクの目をのぞきこんだ彼女の顔は、いままで見た中で、いちばん嬉しそうな、悲しそうな顔だった。

〈参考文献〉

『孤独なライフワーク』神山恵三著　文藝春秋
『物語の迷宮　ミステリーの詩学』山路龍天、松島征、原田邦夫著　有斐閣
QUEEN MARY'S DOLLS' HOUSE, Clifford Musgrave, OBE. Pitkin Pictorials Ltd., 1992
『世界一くわしいドールハウス大図鑑』フェイス・イートン著　成田明美訳　日本ヴォーグ社

十年目のバレンタインデー

東野圭吾《ひがしのけいご》

1958年、大阪府生まれ。大阪府立大学工学部電気工学科卒業。1985年、日本電装（現デンソー）にエンジニアとして勤務する傍ら執筆した『放課後』で第31回江戸川乱歩賞を受賞、翌年には作家専業となる。幅広い作風で着実に地歩を固め、第52回日本推理作家協会賞長編部門に輝いた『秘密』（1998年）が映画化もされていよいよ筆名を高めると、矢継ぎ早に話題作を刊行して人気作家の地位を不動のものとした。2006年には『容疑者Xの献身』で直木賞と本格ミステリ大賞をダブル受賞。その後も『夢幻花』（2013年）で柴田錬三郎賞を、『祈りの幕が下りる時』（同年）で吉川英治文学賞を受賞するなど華々しい筆歴を重ねている。また、2009年から２期４年、日本推理作家協会の理事長職も務めた。本作「十年目のバレンタインデー」はノンシリーズ物の短編で、主人公は売れっ子のミステリ作家。未練を残す元恋人から10年ぶりに食事に誘われた夜、彼の運命は思いがけず急転する。（K）

1

その店は高級ブティックなどが入っているビルの一階にあった。中庭に面して入り口が設けられているので、外観には一軒家の趣《おもむき》がある。

重厚な装飾が施された扉を開けると、蝶ネクタイを着けた男性が立っていた。小さく会釈し、いらっしゃいませ、と落ち着いた声で挨拶してきた。

「津田《つだ》の名で予約が入っていると思うのですが」峰岸《みねぎし》はいった。

「お待ちしておりました」

男性に案内され、店の奥へと進んだ。四人がけのテーブルがずらりと並んでいるが、二割ほどが埋まっているだけだ。バレンタインデーの夜とはいえ、平日のフレンチレストランとなれば、こんなものなのかもしれない。

角に配置されたテーブルに、一人の女性が座っていた。峰岸を見て、にっこりと微笑みかけてきた。昔よりも少し痩せただろうか。だが整った顔立ちは相変わらずだ。

切れ長の目には大人びた魅力が加わっていた。

峰岸は時計を見た。約束の時刻より五分ほど早い。

「お待たせ。参ったな、僕のほうが先に着いて、君を待っているつもりだったのに」

「私が早過ぎちゃったのよ。気にしないで」少し鼻にかかった声は変わらないが、気品が増しているように感じられた。

峰岸は椅子に腰を下ろし、津田知理子《ちりこ》の顔を改めて見つめた。「こんばんは」

「こんばんは、お久しぶり」

「元気そうで何よりだ」

「あなたも」

ソムリエと思われる男性がやってきて、食前酒について尋ねた。

「シャンパンでいい？」知理子が尋ねてきた。

「いいね、賛成」

ソムリエが下がった後、「それにしても驚いたよ」と峰岸はいった。「まさか、今頃になって君が連絡をくれるとは思わなかった」

「ごめんなさい、迷惑だった？」

「とんでもない」峰岸は大きく首を振った。「迷惑だったら、今ここには座ってないよ。嬉しかった。正直なところ、ずっと会いたいと思ってた。でも連絡方法がないし、諦めてたんだ」

「だったらよかった」知理子は白い歯を覗かせた。「売れっ子作家を呼びつけたりして失礼だったかなって、ずっと気にしてたから」

「売れっ子？　それは、一年以上も新作を出していない作家への皮肉かな」

「構想を練っている最中でしょ。次の作品を楽しみにしてる」

「読んでくれているの？」

「もちろん」知理子は頷いた。「あなたの本は全部読んでる」

「それは光栄だな」

ソムリエがシャンパンを運んできた。琥珀《こはく》色の液体の中で無数の泡が踊るのを眺めた後、峰岸はグラスを手にした。「では再会を祝して」

「十年ぶりのバレンタインデーにもね」知理子がグラスを合わせてきた。

シャンパンを口に流し込みながら、峰岸は目の端で知理子の姿を捉えていた。紺色のワンピースに包まれた身体は、十年前と体形が殆《ほとん》ど変わっていないように見える。まだ三十代前半のはずだから、むしろ女として成熟するのはこれからだ。

黒服の男性がメニューを抱えて現れた。

「何か苦手な食材はある？」メニューを開いてから知理子が尋ねてきた。

「いや、大丈夫」

「じゃあ、私が決めていい？」

「もちろん」

だったら、といって彼女は注文を始めた。バレンタインデーの特別コース料理というものがあるらしい。

「今夜は私が御馳走させてもらうわね」黒服が去ってから知理子がいった。

「いや、それは申し訳ないよ」

「だって、私から誘ったんだもの」

「そう……わかった」峰岸は頷いた。「じゃあ、遠慮なく」

「うん、遠慮しないで」右のピアスがきらりと光った。

峰岸はシャンパンを口にしながら、食事の後、知理子はどうするつもりなのだろう、と考えた。食事をしながらワインを飲むだろうから、店を出る頃にはほろ酔い気分になっているかもしれない。とりあえずはもう一軒、どこかのバーにでも誘ってみるか。問題はその後だ。

「ああ、そうだ」知理子が何かを思いだしたような顔をし、隣の椅子から小さな紙袋を取り上げた。「バレンタインデーだっていうのに肝心なことを忘れてた。はい、これ」峰岸のほうに差し出してきた。

「えっ、何?」袋の中身は見当がついたが、意表をつかれたような演技をして受け取った。袋の中に入っていたのは、四角い紙包みとピンク色の封筒だった。紙包みには、有名な洋菓子店名が印刷されている。それを取り出し、「久しぶりだな。バレンタインデーにチョコレートを貰ったのなんて何年ぶりだろう」といった。「今はもう、義理チョコを受け取ることもないしね。ていうか、義理チョコという言葉自体、死語だし」

「でも、本命の彼女からは貰うでしょ?」

「本命? 考えてみてくれよ。そんな相手がいるのに、今夜こうして君と会ってると思うのか?」

「じゃあ、今年はいないってことね」

「去年もね。一昨年も、その前の年も」峰岸は知理子の目を見つめて続けた。「君と別れて以来、誰からもチョコレートを貰っていない。そんな相手は現れなかった」

「まさか。嘘でしょ」

「どうして? 本当のことだよ」峰岸は目をそらさずに答えた。

「ふうん、そうなの」知理子はゆっくりと瞬《まばた》きした。「じゃあ、そういうことにしておきましょう」

「疑ってるのか、そういう君のほうはどうなんだ？　てっきり、いい人を見つけて結婚しているんだろうと思っていたんだけど」

「残念ながら、私にも良い出会いはなかった」知理子は肩をすくめてみせた。「今も一人よ。だからこうしてあなたと会ってる」

「そうなのか。ところで手紙も入っているようだけど」峰岸は紙袋の中を覗いた。

「あなたに対する今の私の気持ちを書いてあるの。この十年間の思いが詰まってる」

「へえ、何だか怖いな」峰岸は封筒に手を伸ばしかけた。

「恥ずかしいから、今はまだ開けないで。読むのは、もっと後にして」

お願い、と彼女は手を合わせた。その口調からは甘える響きが感じ取れた。

わかった、といって峰岸は紙袋から手を出した。なかなかいい夜になりそうだ、と内心ほくそ笑んでいた。

2

峰岸が津田知理子と出会ったのは今から十年あまり前だ。彼女は峰岸が大学時代に所属していたサークルの後輩だった。夏はマリンスポーツ、冬はウインタースポーツを楽しむそのサークルは、人気が高く部員数も多かった。

峰岸が大学を卒業してから何年も経っていたが、年に一度行われるOB会には時々参加していた。OB会とはいえ現役部員のほうが数は多い。峰岸の目的は女子部員だった。好みのタイプが見つかれば、近づいて連絡先を交換するのだ。

無論、うまくいく時もあればそうでない時もある。だがこの年、峰岸には少々自信があった。その前の年にミステリ系の文学新人賞を受賞し、作家としてデビューしていたからだ。有名作家を数多く輩出している賞で、世間からの注目度も高い。当然、OB会でも話題の中心になれるだろうと踏んでいた。

しかし実際には、彼が期待したほどには誰も持ち上げてはくれなかった。受賞が全く知られていないわけではなかったが、それがどれほど大変なことなのかは、あまり理解されてはいないようだった。多少嫉妬もあるに違いない、と彼は分析していた。

そんな中、近づいてきたのが知理子だった。洗練された雰囲気を持つ美人で、プロポーションもよく、じつはそれまでに峰岸も目をつけていた。

彼女は彼の受賞を知っていて、目を輝かせながら賞賛してくれた。聞けば、ミステリ小説が好きなのだという。忽《たちま》ち、意気投合した。その場で連絡先を交換し、後日会うことを約束したのはいうまでもない。

知理子は以前からサークルに入っていたが、一年間ほどアメリカに行っていて、その間は当然活動にも参加していなかったということだった。この前年のOB会には出たようだが、その時は峰岸が欠席していた。

こうして二人の交際は始まった。知理子に恋人がいなかったのは奇跡としかいいようがない。いい寄ってくる男は多かったと思われるが、彼女の眼鏡にかなう相手がいなかったのだろう。

受賞作が世間で話題になり、続けて発表した二作目の売れ行きも好調だったので、峰岸は勤めていた会社を辞め、専業作家となっていた。知理子と会う時間はたっぷりとあった。彼女は大学の帰りなどに彼のマンションにやってきて、料理を作ってくれたりした。食後は大抵ベッドの上で過ごした。そのまま彼女が泊まっていくこともあった。峰岸は彼女に腕枕を貸しながら、新作小説の構想を話したりした。

ところがそんな甘い生活が、突然終焉を迎えた。ある日知理子から、こんなメールが届いたのだ。

『いろいろと考えることがあり、お別れしようと決心しました。今までありがとうございました。これからも素晴らしい作品を書き続けられることを祈っています。さようなら』

まさに狐につままれたような気分だった。一体何があったのか。

到底納得できずに電話をかけたが、着信拒否だった。メールをしても返信はない。

数日後には携帯電話は解約されていた。

知理子は女性用マンションで独り暮らしをしていた。その前で待ち伏せすることや、大学に行ってみることも考えた。しかし結局は実行には移さなかった。彼女のことは諦めきれなかったが、プライドが歯止めをかけたのだ。ストーカーまがいのことをしていると世間に知られでもしたら、本が売れなくなるとも思った。

その後、知理子がどこで何をしているのか、峰岸は何ひとつ知らなかった。彼自身は着実に新作を発表し、作家としての地位を築いていった。交際した女性も何人かはいる。結婚には興味がなかったので、最終的にはどの相手も向こうから離れていった。いつも峰岸の側に未練はなかった。唯一、いつまでも気に掛かっているのが知理子だった。交際していた女性と別れるたび、知理子のことを思い出した。今頃どうしているのだろうと考えたりした。

ある出版社からファンレターが転送されてきたのは先週のことだ。担当編集者のメモが添えられていて、『峰岸さんの昔のお知り合いのようです。』とあった。作家宛のファンレターなどが出版社に届いた場合、通常、担当編集者が中身をチェックする。

クリーム色の封筒に記された差出人の名を見て、峰岸の胸は大きく弾んだ。津田知理子とあったからだ。

わくわくしながら便箋を広げてみると、奇麗な文字で次のようにしたためられていた。

『お久しぶりです。私のことを覚えておられるでしょうか。約十年前にお世話になった津田知理子です。大学のサークルで峰岸さんは八年ほど先輩です。

その節は大変失礼いたしました。今も怒っておられるのではないかと心配です。

峰岸さんの御活躍は、よく存じております。本当にすごいですね。後輩として誇らしく思います。

このたびこうしてお手紙を書かせていただいたのは、ほかでもありません。一度ゆっくりとお話をしたいと思ったからです。あの時のことについて、いろいろと説明したいという気持ちもございます。今さら会いたくないということなら諦めますが、もしそうでないのなら、何とかお時間をいただけないでしょうか。お忙しいとは思いますが、御連絡お待ちしております。』

手紙の末尾には電話番号とメールアドレスが記されていた。

文面を何度か読み返した。そのたびに峰岸の心は浮き立っていった。どうやら知理子は彼との再会を望んでいるようだ。その理由については何となく見当が付いた。彼が作家として成功しているのを見て、あの時に別れたことを後悔しているのではないか。

早速メールを書くことにした。電話にしなかったのは、話をするのは直《じか》に会ってからのほうがいいと考えたからだ。十年前に一方的にふられたことを考えると、少しはもったいをつけたくなる。

手紙は読んだ、こちらのスケジュールに合わせてくれるのなら会ってもいい、という意味のことを素っ気ない文章にして送った。するとまるで待ちわびていたかのように即座に返事が来た。いつどこへでも出向くので是非会ってほしい、と書いてあった。そこで都合のいい日時をいくつか記し、都内ならどこでもいいから場所はそちらで決めてくれ、というメールを送った。

間もなく届いた知理子からのメールには、二月十四日という日付、そして都心にあるフレンチレストラン名が記されていたのだった。

狙い通りだった。都合のいい日の中にバレンタインデーを入れたのはわざとだ。知理子のほうによりを戻したい気があるなら、きっとこの日を選ぶだろうと思ったのだ。

3

「――というわけで、あの作品にもすごく感心させられちゃった。本当に、よくあんな面白い話が思いつくわね」フォークとナイフを動かしながら知理子はいった。

「そういってもらえると嬉しいな。あの作品は自分としても自信作に入る部類だからね。それにしても、僕の作品についてよく知っているな。本当に全部読んでるのかい？」

「だから最初にそういったでしょ。嘘だと思ってたの？」

「一冊二冊は読んでるかもしれないと思ったけど、まさか全部とはね」峰岸は軽く頭を下げた。「ありがとう」

「礼をいわなきゃいけないのはこっち。いつも楽しませてもらってるから」

「じゃあ、これからもがんばらなきゃな」

魚料理は手長エビのポワレとホタテ貝のムースだった。峰岸は白ワインを飲みつつ、それらを口に運んでいった。前菜もそうだったが、この料理も絶品だ。

「この店にはよく来るの？」

知理子は小さく首を傾げた。「よくってほどでは。ごくたまに、かな」

「良い店を知ってるんだね。今度、僕も使わせてもらおう」

「気に入ってもらえたのならよかった」

「でも決して安くはないだろ。君は今、何をしてるんだ？　僕の小説の話ばかりで、君のことを何も聞いてなかったけど」

「単なる会社勤めよ。人材派遣が主な業務。人使いの荒い上司と生意気な部下に挟まれて、毎日ひいひいいいながら動き回ってる」

「へえ、何だか君のイメージじゃないな。もっとスマートな職に就いているのかと思った。秘書とかホテルウーマンとか」

「十年前のイメージで今を想像しないで」知理子は鼻の上に皺を寄せた。「それより、気になってることがあるんだけど」

「何？」

「『深海の扉』、あれ、どうなってるの？」

ああ、と思わず顔をしかめていた。「嫌なことを思い出させてくれるなあ」

「嫌なことなの？　だって先が気になって仕方がないんだもの」

「あんなものまで読んでるのか。月刊誌の連載だぜ」

「だから全部読んでるといってるじゃない。ねえ、どうして連載が途中で止まっちゃってるの？　もしかしたら体調でも崩したのかと思ったんだけど、そんなことはなさそうだし、何か事情があるの？」

「別に大した事情はないよ。このへんで一旦休載にして、後半のストーリーを練り直そうと思っただけだ」

「そうなの？　でも今まで、そんなことは一度もなかったでしょう？」

「あの作品はちょっと特別で、書きながら次の展開を考えているんだ。だからまあ、行き詰まることだってあるよ。僕も人間だからね」

「やっぱり大変な仕事なのね」知理子はため息をつき、ワイングラスに手を伸ばした。

彼女が話題に出した連載小説は、昨年の春にスタートさせていた。だが順調に書き進められたのは秋までだった。何とかして書き続けようとしたが、どうしても先のストーリーが思いつかず、とうとう休載という形を取ることになったのだ。あの作品のことは考えるのも嫌で、パーティ会場などでは担当者と顔を合わせないようにしている。表向きは休載だが、じつのところはこのままお蔵入りにするつもりだった。

それにしても知理子は、いつまでこんな話を続ける気なのか。あるいはこんなふうに峰岸の作品について話していれば満足なのか。だとすれば時間の無駄だ、と峰岸は思った。せめて、十年前に彼女が突然去った理由ぐらいは聞き出さねばならない。

ソムリエがやってきて、軽く講釈を述べた後、グラスに赤ワインを注いだ。その後、肉料理が運ばれてきた。仔羊のパイ包み焼きだった。

知理子が、ふっと唇を緩めた。

「私はラッキーね。こんなふうに作者と食事をしながら小説の話ができる読者なんて、きっとなかなかいないわね」

「そうかな。そんなことより、そろそろ僕は君の用件を――」

「彼女にも」峰岸の言葉を無視し、彼女はいった。「こんなことを味わわせてやりたかった。彼女もとても小説が、特にミステリが好きだったから」峰岸を見つめてきた。

「彼女?」

「フジムラエミさん。同じサークルにいたフジムラさん。峰岸さんも会ったことがあると思うんだけど」やけに抑揚のない口調で知理子はいった。

フジムラエミ——その名前が峰岸の頭の中で「藤村絵美」と変換された。同時に、一人の女性の顔が鮮やかに浮かんだ。全身がかっと熱くなり、心臓が高鳴りを始めた。

「ええと……」峰岸はグラスを引き寄せた。だが手が震えそうだったので、持ち上げるのはやめた。「僕は覚えがない。どういう人かな」

「私と同い年。サークルには一年の時から入ってた。仲が良くて、よく一緒に遊んだ。三年生になる前、私が一年休学してアメリカに行くって決めた時には、寂しがって泣いてくれた。ショートヘアで長身。胸はたぶんEカップ以上。本当に覚えてない?」

「いやあ、ちょっと記憶にない。OB会では会わなかったと思うけどなあ」峰岸は首を捻ってみせた。そうしながら、なぜ知理子はこんな話題を出してきたのだろうと思った。

「たしかに私たちが知り合ったOB会にはいなかった。あの前年のOB会にも。なぜなら」その時彼女はもう、この世の人ではなかったから」宣告するように告げた後、知理子は手にしたナイフで仔羊の肉をざっくりと切った。「自分の部屋で首を吊ったの。ブティックハンガーをいっぱいに伸ばして、そこにロープをかけて死んだの。私がアメリカから帰国する数ヵ月前のことだった」

峰岸は息を呑んだ。たまたまではない、と確信した。明らかに知理子は何らかの目的の下、この話を始めたのだ。となれば今夜の会食自体、そのために設けられたものだと考えるべきだった。

では、その目的とは何なのか。

「どうしたの？　食べないの？　おいしいわよ。温かいうちに食べたら？」知理子が訊いてきた。彼女自身は次々と肉を口に放り込んでいる。

峰岸はフォークとナイフを持った。

「食べようと思ったら君がそんな話を始めたもんだから、食欲が失せちゃったんだ。人が死んだ話なんて」

「この程度の話で？　峰岸さん、もっとハードな話を書いてるじゃない。案外、神経質なのね」

「あれはフィクションだから」峰岸は仔羊のパイ包み焼きをナイフで切り、口に入れた。何も考えずに食べていたら旨さに感激していたのかもしれないが、今は何の味もしなかった。機械的に嚙み、胃袋に送り込むのがやっとだ。

「絵美が最後にOB会に出たのは、彼女が三年生の時。私はアメリカにいた。その時のOB会には峰岸さん、出席したよね。サークルの記録に残ってた」

「そうだったかな。じゃあ、挨拶ぐらいはしたのかもしれない」

知理子は満足そうに頷いた後、真顔になった。「絵美が亡くなったのは、それから八ヵ月後のことだった」

峰岸は口の中の肉を赤ワインで流し込んだ。

「自殺するぐらいなんだから、よほど大きな悩みがあったんだろうね」

すると知理子は背筋をぴんと伸ばした。「私、自殺だなんていった？」

「でも部屋で首を吊ったんだろ？」

「たしかに警察は自殺だと判断した。司法解剖も行われなかった。でも峰岸さんなら、首吊りに見せかけた殺人事件が過去にいくつもあったことぐらいは知ってるでしょ？」

「……他殺だと思う根拠は？」

知理子は峰岸の顔を覗き込んできた。「絵美には自殺する動機がなかった」

峰岸は口元を緩めた。「それは本人にしかわからない」

「当時絵美には恋人がいた。名前とかは教えてもらってないけど、とても幸せそうなメールを何度かくれた。彼とはとても話が合うんだと書いてあった。御遺族によれば、その恋人は彼女の葬式にすら姿を見せてないってことだった。これはおかしいと思わない？」

「その恋人にふられたんじゃないか。そのショックで自殺したと考えれば、何もかも筋が通る」

「絵美はそんなに弱い子じゃなかった」

「だから、そんなことは他人にはわからないといってるじゃないか」苛立《いらだ》ちのあまり、つい声を尖らせた。峰岸は空咳をし、失礼、と小声で続けた。

知理子は少し目を伏せ、頷いた。

「そうね。私は当時アメリカにいたから、絵美のことを殆ど何も知らなかったのは事実。だから帰国後は、何とかして情報を集めようとした。御遺族にお願いして彼女の遺品をすべて見せてもらったし、彼女を知る人たちに会って、いろいろと話を聞いた」

「その結果は？」

知理子はゆらゆらと首を振った。「だめだった。何もわからなかった。自殺の動機はやっぱり見当たらなかったけど、他殺を証明するものも見つけられなかった。部屋には争った様子はなく、盗まれたものもなかった」

「ないないづくしってわけだ。それは残念だったね」峰岸は料理を口に入れた。少し味わう余裕が生じていた。

「そんなふうにして一年以上が経ち、次第に私の中でも事件が風化していった。だからサークルのOB会とかでは心底楽しんでた。作家デビューした憧れの先輩と出会って、有頂天になったりしてね」そういって知理子は意味ありげな視線を送ってきた。

「ようやくストーリーに僕が登場するようだな」

「程なく、その先輩との交際が始まった。とても楽しい毎日だった。彼は優しくて、物知りだった。ベッドの中で小説の構想を話してくれることもあった。そんなある時、いつものように新作のあらすじを聞いていて、とても不思議な感じがした。彼の話すストーリーを、いつかどこかで読んだような気がしたの。そんなはずはない、錯覚に違いないと思ったから、その時は黙っていた。でも後日、不意に思い出したの。私はやはり、その小説を読んでいた。ただしふつうの本じゃない。プリントアウトされたものだった。あるアマチュア作家が書いた小説だった。その作家というのは絵美。そう、彼女もまた小説を書いていた。作家志望だったのよ」

4

ソムリエが音もなく近づいてきて、峰岸のグラスに赤ワインを注ぎ足してから去っていった。だがそのグラスに手を出す気にはなれなかった。

「私はとても大事なことを忘れてた。絵美が小説を書いていたってこと。高校生の時から書いているといってた。長編も短編も書いたし、これから書きたい小説のアイデアもいっぱいあるってことだった。でも恥ずかしいからそのことはこれまで誰にも話さなかったし、作品を誰かに読んでもらったこともないといってた。私は、一度読ませてほしいと頼んだ。彼女は渋ってたけど、じゃあ一作だけといって、短編小説を読ませてくれた。読んでみて驚いた。とても面白い話だったから。満月の夜になると嘘をつきたくなる女子高生の物語だった。その嘘がどんどん大きくなって、ついには大変な事態を引き起こすというストーリー」そこまで一気にしゃべった後、知理子は峰岸に顔を向けた。「あの夜、あなたが話してくれたあらすじと全く同じ」

峰岸は唾を呑み込もうとしたが、口の中はすっかり渇ききっていた。

「別々の人間が、たまたま同じような話を思いつくというのは、よくあることだ」

「シチュエーションやラストの落ちまで同じなのよ。それがただの偶然？」

「絶対にあり得ない、とはいえない」

知理子はかぶりを振った。

「その二人の作者に全く繋がりがなければ、その意見に同意していたかもしれない。でも二人には接点があった。ＯＢ会で会っていた可能性がある。それはさっきあなたも認めた。そうなると偶然では片付けられない」

峰岸は彼女を睨みつけた。「何がいいたいんだ」

「絵美の部屋から盗まれたものは何もないといったけど、じつは大きなものが消えていた。彼女が高校時代から書きためてきたはずの小説とアイデアを綴《つづ》ったメモ。それがどこからも見つかっていない。プリントアウトしたものはないし、執筆に使っていたパソコンにも残っていない。そのことが判明した時、私は恐ろしい可能性に思い当たった」知理子は大きく息を吸い、吐きだした。胸がゆっくりと上下した。「それらは犯人が奪い去ったんだってね。絵美が殺された理由はそれ。犯人は彼女の小説やアイデアメモが欲しかったのよ」

「その犯人が俺だというのか」

この問いには答えず、知理子はフォークとナイフを揃えて皿の上に置いた。いつの間にか、料理はすべて平らげている。峰岸のそれは三分の一以上が残っていたが、すでに食事を続ける気はなくしていた。彼もフォークとナイフを置いた。

「絵美が殺されたのは、あなたの新人賞受賞が決まる三週間前だった。その時点であなたには、自分の応募作が最終候補に残っていることはわかっていたはず。問題は、その応募作がどういうものだったのか、ということ。私は、それもまた絵美の作品だったんじゃないかと推理した。もちろん、彼女には内緒。そう考えれば、動機はさらにはっきりとしてくる。軽い気持ちで応募したところ、思いがけず最終候補にまで残り、あなたは焦った。受賞すれば嬉しいけれど、いずれ絵美にはばれてしまう。彼女が黙認してくれるとは思えない。とはいえ、今さら本当のことを公表する勇気もなかった。あなたとしては、絵美に死んでもらうしかなかったのよ」

ウェイターが近づいてきて、メインディッシュの皿を下げていった。

「どうやら」峰岸はいった。「今夜ここへ来たのは間違いだったようだ。まさかこんなくだらない話を聞かされるとはね。料理の途中だが、これで失礼させてもらう」

「あとはデザートだけよ。もう少し座っていれば？　それに、私がこの話をほかの誰にもしないと思うの？　言い分があるのなら、今ここでいっておいたほうがいいんじやない？」

この言葉に、峰岸は浮かしかけていた腰を椅子に戻した。たしかにその通りだった。

「証拠はあるのか。俺が彼女を殺したという証拠は」峰岸は声を落として訊いた。

知理子が眉を上げた。

「彼女？　その女性、とかではなく彼女。絵美のことは覚えてないといったのに」

峰岸は顔を歪め、唇を噛んだ。何かいい返したいが言葉が出ない。

まあいい、と知理子はいった。

「その時点では証拠は何もなかった。でもただ一つだけ望みがあった。パソコンよ。絵美が使っていたもの。小説のデータはすべて消されていたけど、ハードディスクから復元することは可能かもしれないと思った」

「復元……させたのか」

「いろいろと手続きがあって、時間がかかってしまったけどね。完全に復元を果たせたのは五年ほど前。でもおかげで証拠としての質が高くなった」

「質？」

峰岸が眉をひそめた時、デザートが運ばれてきた。チョコレートとダークチェリーのアンサンブルだという。チョコレートはハート型に作られていた。

「ハードディスクから復元できたのは、六つの長編小説と九つの短編、そしてたくさんのアイデアメモ。短編の一つはあなたが寝物語に聞かせてくれたものだし、長編の一つはあなたの新人賞受賞作とほぼ全文が一致していた。さらに細かく調べてみると、これまでにあなたが発表した作品の殆どが、絵美の作品やアイデアを下敷きにしたものだった。短編を水増しして長編に書き直したものもいくつかあるわね。出来はあまりよくないけど」

峰岸はテーブルの上に視線を落とした。だがデザートに手をつける気にはなれなかった。

すべて知理子のいう通りだった。

藤村絵美と出会ったのは、知理子と同様、サークルのOB会でだった。好みのタイプだったので、峰岸のほうから近づいた。絵美も彼のことが気に入ったらしく、すぐに交際が始まった。

付き合って間もなく、彼女が小説家志望であることを知り、驚いた。なぜなら彼もそうだったからだ。しかしもっと驚いたのは、彼女が習作と称した作品を読んだ時だ。

これが二十歳そこそこの娘が書いた小説か、と愕然とした。文章は達者で、登場人物は生き生きとしている。何よりもストーリーが奇抜で、ミステリとしての魅力に溢れていた。それでいて破綻が殆どないのだ。彼がそれまでに書いた作品とは雲泥《うんでい》の差があった。

ある時、絵美がシャワーを浴びている間に、峰岸はパソコンに入れられていた彼女の「習作ファイル」をすべてUSBメモリーにコピーした。深い考えはなかった。小説作りの参考にしようと思ったのだ。

だが自分の部屋でそれらの作品を読んでいるうちに、ある誘惑に駆られるようになった。この中の一つを新人賞に応募してみたい、というものだ。峰岸自身は何度か応募しているが、今までは良くて一次通過だ。

その思いは日に日に高まり、ついに絵美の作品の一つを応募してしまった。受賞することなど考えもしなかった。二次通過あたりまで進んだなら、その結果を人に見せて自慢できると思ったのだ。

ところが予想を超え、応募作は最終候補にまで残った。連絡してきた編集者は、個人的意見と断ったうえで、「最有力だと思います」といった。

焦った。今さら自分が書いたものではないとはいいだせなかった。

睡眠薬で眠らせた絵美の首をロープに通した時、罪悪感は殆どなかった。峰岸の心を支配していたのは、この女が死ねば、あの習作ファイルはすべて自分のものになるという思いだけだった。もしかするとUSBメモリーにファイルをコピーした時から、その邪悪な考えは芽生え始めていたのかもしれない。

絵美のパソコンに入っていたデータはすべて消した。自殺として処理されれば復元されることはないだろうと思っていた。

峰岸は知理子を見据えた。何とかして、この女を黙らせねばならない。

「残念ながら、それは証拠にはならないな」

「どうして？」

「客観性がないからだ。俺の作品に似たテキストデータがパソコンに入っているからといって、俺がそれを盗んだという証拠にはならない。逆に誰かが俺の小説を読み、そのパソコンにデータを入れた可能性だってあるだろ」

すると知理子は余裕たっぷりに目を細めた。

「あなたが二年前に発表した小説の下敷きになったと思われる短編小説も、そのパソコンには入ってたの。今もいったようにデータを復元したのは五年前なのよ」

「五年前、と君がいっているだけだ」

「私だけじゃない」

「ほかにも証人がいるというのか。復元に協力した人間か。君たちが口裏を合わせてないと、どうしていいきれるんだ」

「鑑識は」知理子は一語一語を嚙みしめるようにいった。「口裏を合わせたりしない」

「鑑識？」

彼女は傍らに置いたバッグから書類の束を取り出して、テーブルに置いた。

「全部コピーしたらすごい量になっちゃうから、一部だけ持ってきた。鑑識課からの報告書よ。日付を見てちょうだい。五年前になってるでしょ？」

峰岸は書類を手に取った。表紙に警視庁鑑識課という文字が入っている。責任者たちの印もある。

「何だ、これは……」

「だから報告書。藤村絵美さんのパソコンのデータを復元した結果が記されている」

「嘘だ」

「どうして？」

「こんなものを一般人が持っているわけがない。偽物だ」峰岸は書類をテーブルに放り出した。

知理子は吐息をついた。「さっきの箱、開けてみてくれる?」

「箱?」

「チョコレートの箱」

「どうして?」

「いいから、開けてみて」

訝《いぶか》りながら峰岸は紙袋から四角い紙包みを取り出した。包装紙を開き、ほぼ正方形の平たい箱の蓋を取った。中を見た瞬間、ぎくりとして手元を狂わせた。箱が床に落ち、入っていたものが外に出た。

それは銀色に光る手錠だった。峰岸は呆然として、知理子に目を移した。彼女は何かを手にしていた。それが警視庁のバッジだと気づくまでに、ほんの少し時間を要した。

「改めて自己紹介します。警視庁捜査一課の津田知理子です」

5

知理子は床に落ちた手錠を拾い上げた。「ごめんなさい。これはちょっと悪趣味だったわね」

峰岸は声を失っていた。頭の中が混乱し、考えがまとまらない。

そういうわけで、といって彼女はテーブルの資料を取り上げた。「これは本物。正式な手続きのもとで作成されたの。裁判資料として、何の問題もない」

彼女が資料をバッグにしまうのを、峰岸はぼんやりと眺めた。

「まさか君が警察官になってるなんて……」ようやく声が出た。「さっきは会社勤めだって……人材派遣の」

「警察官は自分たちの職場を『会社』と呼ぶこともあるの。それに人材を派遣してるのは事実。聞き込みとか、張り込みにね」

峰岸はネクタイを緩めた。息苦しくなってきた。

警察官は、と知理子はいった。

「子供の頃からなりたかった職業の一つなの。でも決め手はやっぱり絵美の事件。何としてでも自分の手で解決したいと思った。彼女のパソコンの復元に何年もかかったのは、事件の再捜査をするに当たって、上司への根回しが必要だったからよ。警察学校をトップで出たとはいえ、警視庁に入りたての小娘のいうことにはなかなか耳を傾けてもらえなくて苦労しちゃった」

さらに知理子は、「最初に渡した手紙、あれも出してくれる？」といった。

峰岸が無言で紙袋から封筒を取り出すと、彼女はさっと奪い、中から折り畳まれた書類を引っ張り出した。そしてそれを広げて彼のほうに示した。逮捕状、とあった。

「あなたを藤村絵美さん殺害の容疑で逮捕します」淡々とした口調でいった。

「待ってくれ。俺は犯人じゃない。絵美を殺してない」

「弁明は取調室で」

「聞いてくれ。たしかに盗んだ。絵美の作品を盗んだ。それは認めよう。でも出来心だった。冗談半分で応募したら受賞してしまって、もう引っ込みがつかなくなったんだ。だけどそれだけだ。殺してはいない」

「彼女のパソコンのデータを消したのはいつ？」

「それは……事件の前だ」

「絵美が亡くなる前？　パソコンからデータが消えていたら、彼女は大騒ぎしたはずよ」

「それはたぶん彼女が気づいてなかったからだ。とにかく俺は殺してない。殺したっていう証拠はないはずだ。そうだろ？」

知理子は腕組みをし、彼の目を見つめてきた。

「あなたに訊きたいことがある。あなたは自分の力だけで小説を書けるの？」

「もちろん、書けるさ」なぜこんなことを訊いてくるのかはわからなかったが、峰岸は答えた。「実際、これまでにだっていくつかは書いている」

「それはわかってる。あなたの作品は全部チェックしたから。でも残念ながら、絵美の作品を下敷きにしたもの以外はすべて失敗作。彼女の作品の足下にも及ばない。そのことはあなた自身も気づいてたんじゃない？」

峰岸は返す言葉に窮した。彼女のいう通りだった。何とかして自力で書こうとしたが、いつもうまくいかなかった。最近ではすっかり自信をなくしていたのだ。

「ねえ、どうして今まで来なかったと思う？」知理子が訊いた。「データを復元したのは五年前。だけど私は今日まで我慢した。なぜだと思う？」

さっぱりわからなかったので峰岸は黙って首を横に振った。

「待ってたのよ。あなたが絵美のアイデアをすっかり使い尽くす日を。その時あなたは、きっとあの作品にも手を出すだろうと思った。あの禁断の作品にも」

「禁断？」

「殺された当時も、絵美は長編小説を執筆中だった。でもあなたはその作品を使うわけにはいかなかった。なぜなら、それはまだ未完成だったから。あなたにはその小説の結末がわからなかった。絵美がどんなふうに物語を決着させるつもりだったのかを知らなかった。だからこれまでずっと使わずにきた。ところが去年の春に連載の仕事が入り、どうしても何か書き始めなきゃいけなくなった時、ついにあなたはその禁じ手を使った。連載を始めた当時は、自分で何とかできると思ったのかもしれないわね。ところがその考えは甘かった。絵美が書いていた分はどんどん残り少なくなるというのに、あなたには続きのストーリーが思いつかなかった。やむなく最後の切り札を出した。休載という切り札をね」知理子の目が、きらりと光ったように見えた。「もちろん、『深海の扉』の話をしているの。あなたが行き詰まってしまった連載小説の話を」

峰岸は太い息を吐いた。すべて図星だった。

「そのことが事件とどう関係してるというんだ」

「関係は大ありよ。休載直前にあなたが書いたのは、まさに絵美の小説が中断したところまでだった。彼女がこの世で最後に書いた内容を、あなたは知っていたことになる」

「それが――」どうした、といいかけて峰岸は気づいた。顔から血の気が引いていくのがわかった。

「ようやく私のいいたいことがわかったみたいね」知理子は口元に笑みを滲ませた。「パソコンのデータが復元されただけでなく、それぞれのファイルがいつ作成されたのかも鑑識によって明らかになっている。絵美があの未完成小説を最後に執筆したのは、彼女が殺された日。たぶん愛する彼が部屋に来るまでの間、パソコンに向かっていたのでしょうね。その最後のテキストデータの内容を知っていたということは、あの日あなたは彼女の部屋にいたことを意味する」

「部屋にいたからって……」

「絵美には指一本触れていないといい張る気？　彼女が首を吊るのを黙って眺めていたとでも？　あるいはあなたが部屋に行った時、もう首を吊った後だったとか？　でも彼女の身体はそのままにして部屋を後にしたって？　その供述を裁判官が信じてくれることを祈っていればいいわ」

たまらず峰岸は立ち上がった。出口に向かおうと踵《きびす》を返したが、そのまま固まった。何人もの男たちが彼を取り囲んでいたからだ。彼等の殆どは、つい先程までは客として周りの席についていた者たちだった。そしてその中にはソムリエの姿もあった。全員が鋭い目を峰岸に向けている。

「この店は父がオーナーをしているの」背後から知理子の声がいった。「バレンタインデーは稼ぎ時だけど、事情を話したら渋々貸し切りをオーケーしてくれたってわけ」

峰岸は振り返った。「なぜこんな大げさなことを……」

「なぜ？　そんなの当然じゃない。十年分の思いを込めて祝杯を上げたかったからよ。でもあなたにとってもよかったでしょ？　これでもう、小説のネタ切れについて悩む必要もなくなった。もう小説家のふりをしなくていいのよ。肩の荷が下りたんじゃない？」

彼女の言葉に、峰岸はいい返せなかった。犯行が発覚したことに絶望しつつ、心の片隅にそういう気持ちがあるのは事実だった。

「連れていきなさい」知理子の声が冷徹に響いた。

屈強な男二人が峰岸の両脇から近づいてきて、彼の腕を摑んだ。たったそれだけで身動きが取れなくなった。

「主任は？」ソムリエの格好をした男が訊いた。

「私は後から行きます。まだデザートが残っているので」そういって知理子はチョコレートを口に運んだ。

雨上がりに傘を差すように

瀬那《せな》和章《かずあき》

兵庫県生まれ。2007年、『異界ノスタルジア』で第14回電撃小説大賞銀賞を受賞。翌年、同作を改題した『under 異界ノスタルジア』で作家デビュー。同年に続編『under2 異界イニシエイション』が出ている。2009年から〈レンタル・フルムーン〉シリーズを開始し、2011年には〈可愛くなんかないからねっ！〉シリーズを発表。基本的にはライトノベルの作家として知られているが、2013年の『好きと嫌いのあいだにシャンプーを置く』は三姉妹の恋愛模様を丁寧に描いた短編集で、新しい側面を見せた。そして2014年に書き下ろしの短編集『雪には雪のなりたい白さがある』を刊行。収められた4編はそれぞれ石神井公園、航空記念公園など異なる公園が重要な舞台となり、主人公も違う。しかも春夏秋冬の四季を書き分けるという工夫を施している。今回収録の作品では港の見える丘公園を中心に据え、自分に自信が持てない女子大生とある老人が出会い、彼女の成長につながっていく。（N）

目ヂカラとは、いったいなにで決まるんだろう。

単純に目の大きさだろうか。黒目の大きさだろうか。メイクだろうか。それとも、生き様から滲《にじ》み出てくるものなんだろうか。とにかく、考えて一つだけわかったのは、目ヂカラという言葉を聞いたとき、なぜか目力ではなく、目ヂカラとカタカナで書くようにイメージしてしまうってことだ。

目ヂカラのある女になりたい、と思った。

私の目は細い。今年の春までは、そんなの気にもしなかったけど。

とにかく目ヂカラがあることは、私がなりたい私になるために必要なことなんだ。

そういう結論に、今日、至った。

他にも、必要なものはたくさんある。願いが一つ叶うなら、恥も外聞もなく、あと百個願いが叶いますようにって言ってしまうくらい、今の私は欲深い。

必要なもの。

ファッションセンス。染めても傷まないストレートの髪。長い上向きの睫毛《まつげ》。ツンと尖った顎。横を向いて並ぶと街灯に隠れるような細い足。ニキビのないつるんとしたおでこ。今より半オクターブ高い声。

ずっと、横浜《よこはま》に憧れていた。

きっかけは、中学生のときに見たドラマだった。横浜を舞台にした、花屋で働く青年と、旅行代理店で働く女の子のラヴストーリー。山と田んぼに囲まれた田舎町で生まれ育った私は、都会とお洒落《しゃれ》な街に同じくらい憧れを持っていた。建ち並ぶビルの足元に広がるどこかレトロな街並みは、望んでいるものがみんな手に入るおとぎの国のように映った。私の夢が、決まった瞬間だった。

横浜の大学にいく。この街で一人暮らしをする。そして、私の人生に燦然《さんぜん》と輝くような大学生活を送る。

「果歩《かほ》ならぜったいできるよ」「横浜とかすっごい似合いそう、どんな場所かよく知らないけどさ」「有名人の知り合いができたら紹介して」、思い切って打ち明けた夢を、地元の同じテニス部だった友達はそう言って応援してくれた。それに私は「まかせなさい」と胸を張っておどけて答えた。

実際、地元にいたときの私はクラスのファッションリーダーだった。

シュシュを手首につけ始めたのも私だし、それまでは短ければ短いほどお洒落っていう価値観だった制服のスカートに、あえて長めにするっていう新しいトレンドを持ち込んだのも私だ。ファッション雑誌は毎号必ずチェックしたし、お金を節約してはお洒落アイテムの購入にあてた。みんなが服を買う地元の商店街には立ち寄らず、休みの日に郊外のイオンモールまで遠征したりもした。

横浜という街は、きっと、お洒落に敏感な私にぴったりな場所だと思っていた。必死で勉強して、必死で親を説得して、念願の、横浜の大学生になった。

でも、そこは思い描いていたようなおとぎの国じゃなかった。

この街で暮らすには、私には足りないものが多すぎたんだ。

横浜に引っ越してきた日、荷解《にほど》きもそこそこに、胸の中でぱんぱんに膨らんだ期待に急かされるように街へ出た。慣れない地下鉄や人ごみに戸惑いながら、みなとみらい駅に向かいランドマークタワーの足元に広がるショッピングモールを歩いた。テレビ越しだと本物よりもよく見えるなんて聞くけど、そんなことはまったくなくてドラマの中そのままに輝いていた。SF映画に迷い込んだように巨大な吹き抜けになっている駅ビル。遊園地のように広いブランドショップが並ぶフロア。建物の装飾から貼られているポスターからパンフレットまで、すべてが洗練されていた。お店の前に並んでいるすれ違う人たちはみんなドラマの登場人物のように綺麗で、服はどれもキラキラ光って見えた。これから、ずっと夢に見ていた素敵な大学生活が始まるんだ。周りに人がいなかったら歌い出したいくらいはしゃいでいた。

でも、しばらく歩いていると、嫌でも気づかされた。すれ違う同世代の人たちの中に、私よりお洒落じゃない人はいなかった。誰もが私より綺麗で、自然に街に溶け込んでいた。無理をしている感じはまったくなくて、当たり前のように輝いていた。

急に恥ずかしくなってトイレに駆け込んだ。壁を覆うような大きな鏡に、私の姿が映る。張り切って上から下まで雑誌の真似をして揃えてきたのに、どう見ても田舎町のマネキンだった。

フロアマップを見ても、地元にいたころ私が好きだったショップは一つも見つけられず、代わりになんて読むのかわからないブランド名が並んでいた。そのことが、急に知らない国にやってきたみたいに不安にさせた。街そのものが私を拒絶しているみたいだった。

横浜駅からバスで二十分のところにある大学のキャンパスは、横浜の街をさらに凝縮したように、美しい女たちで溢れていた。

出会った瞬間から、彼女たちとの間に壁を感じた。彼女たちは高級なフランス人形で、私は木彫りのコケシ。ショウウィンドウのような透明な壁が私と彼女たちの間に張り巡らされていて、どうがんばっても向こう側へはいけない。

みんながしているメイクを真似したり、思い切って有名なショップにいってびっくりするくらい高い服を買ったりしたけど、まったく近づけなかった。

みんなは流行にのっかりながらも、自分らしさをしっかりと持った服を着ていた。田舎町のマネキンとは全然違う。真似をしても、似たようなアイテムを揃えても無駄だった。同じものだったとしても、パンケーキをホットケーキと呼ぶような決定的なダサさがあって、それが私の体にずっと纏《まと》わりついていた。

誰にも話しかけることができず、誰にも話しかけてもらえず、どのグループにも馴染めなかった。掲示板にサークルメンバー募集っていう張り紙を見ても、私に向けて発信されてない気がした。見学にいったら、君は呼んでないよ、と言われる気がして踏み出せなかった。講義を受けるときはいつも一人、ランチも一人、放課後の予定はまったく埋まらない。

そうなると、学校だけじゃなく、街のいたるところに壁を感じるようになった。ずっと憧れていた元町《もとまち》や横浜駅の周りも、大勢の人たちで賑わう山下《やました》公園を歩いても同じだった。私には場違いで、すれ違う人たちやお店の店員さんが、ダサい子が来たね、って囁《ささや》き合ってる気がした。

お洒落な場所や、賑やかな場所を避けるようになった。人と目を合わせないように俯《うつむ》いて歩くようになった。

山と田んぼに囲まれていたころは、周りの友達より劣っているなんて思ったことはなかった。でも、この街に来てからは、劣等感ばかりが体に張り付いてくる。

つまり私は、コンプレックスの塊《かたまり》だった。

別にモデルになりたいわけじゃないし、モテたいわけじゃない。

そんな大層なものを求めているわけじゃない。

ただ、この街に相応《ふさわ》しい女になって、キラキラした大学生活を送りたい。そのために必死にがんばってきたんだから。

ずっと憧れていた場所で、私はたった一人、どうしようもなく孤独だった。

フランス山の階段を上りながら、今日も、私に足りないものについて考えた。

俯きながら歩くと、嫌でも太い足が目に入る。黒いタイツに覆われた足。黒は足を細く見せるらしいけど、どれくらいかは人それぞれで、効果の程はみんなに平等じゃない。

階段を上りきると、鮮やかな緑が目に飛び込んでくる。

周りを木々に囲まれた静かな広場。少し奥まったところに『天空の城ラピュタ』に出てきそうなレトロで可愛らしい風車が回っていて、その足元には五十年以上前に焼け落ちた洋館の基礎が残されている。部分的に残っている煉瓦《れんが》の壁や、途中で途切れた階段。かつて、この場所にフランス領事館があったそうだ。

元町や中華街のほど近くにある港《みなと》の見《み》える丘《おか》公園は、横浜に来てから見つけた、たった一つの落ち着ける場所だった。

大学生協に紹介されたアパートは元町・中華街駅から徒歩三十分。公園内を通るとさらに遠回りだけど、学校帰りはいつも、ここを歩くことにしていた。

フランス山とイギリス山と呼ばれる二つの山があって、それを繋ぐように公園になっている。イギリス山もかつてイギリス領事館があった場所で、こちらにはちゃんと立派な建物が残っている。領事館があった二つの場所をまとめて公園にしようと考えた人は、天才だと思う。港の見える丘公園、というネーミングも含めて。

フランス山とイギリス山。どっちが好きか、と聞かれたら、迷わずフランス山を選ぶ。

イギリス山は開けた丘の上にあって、ローズガーデンや展望台があり、平日でも大勢のカップルや家族連れで賑わっている。さらに夜になると、港の夜景が見下ろせる大人気デートスポットになるらしい。

フランス山の方は、あまり人が来ない。休日でも人気《ひとけ》がない時間が多く、静かで落ち着ける。可愛らしい風車に、大昔に焼け落ちた洋館。木々に囲まれた小さな広場は夢の中に迷い込んだように現実感がなくて、馴染まない街の中にいることをほんのひと時だけ忘れさせてくれた。コンプレックスに押し潰されそうな私を助けてくれたのは、この場所だった。見つけられなかったら、とっくに不登校になっていただろう。

フランス山に癒された後で、イギリス山を早足で通り過ぎる。

お洒落な丘の上には、やっぱりガラスの壁が張り巡らされていて、私がゆっくりできるような場所はどこにもない。俯いて周りを見ないようにして、前屈みに歩く。この公園だけじゃない。それが、キラキラした場所を通り過ぎるときのいつものスタイルだった。

煉瓦造りの階段を上り、展望台が見えたとき、頰になにかが触れた。

一瞬、涙かと思ったけど、雨だった。

乾いた色の石畳が、みるみる深い色合いに変わっていく。

生臭いような、でもどこか懐かしいような雨の匂いが辺りに立ち込める。髪に触れると、朝せっかく時間をかけて揃えた毛先がくるんと自由気ままな方向に跳ねていた。

天気予報は毎朝欠かさずチェックしてる。備えは万全だった。傘はちゃんと持ってるし、バッグの中にも予備の折り畳みが入ってる。

大学デビューに失敗してから二ヵ月、出会いの季節は足早に通り過ぎ、ピンク色の花びらは砂時計のようにタイムオーバーを告げながら散って、梅雨《つゆ》が始まっていた。

傘を開くと、待ち構えていたように本降りになる。

ぱっと見は地味な緑色の傘だけど、開くと内側に『魔女の宅急便』に出てくる黒猫のジジがプリントされている。地元を離れるとき、ジブリが好きな私に友達がプレゼントしてくれたものだ。横浜にいって大人っぽい服を着るようになっても使えるように、目立たない位置にイラストがあるものを選んでくれた。その気配りが、今の私には痛かった。

いつものように早足で、イギリス山を通り過ぎるつもりだった。

ふと、足を止める。

いつ来ても何組かのカップルが座っていた、展望台のベンチ。

雨だからだろう。誰もいなかった。

おいでよ、と呼ばれた気がした。

いつも早足で通り過ぎていた展望台に近づく。

お洒落な場所には見えない壁を感じていたけれど、今日だけはお店の人が閉め忘れたみたいにガラスが外れていて、普段なら通れない場所をすり抜けることができた。

展望台には飛行機が発明されたばかりの時代の翼みたいな形をしたお洒落な屋根があって、その下にベンチが並んでいる。

「港の見える丘公園」の名前の通り、ここから横浜港を一望することができた。港に繋留《けいりゅう》されている氷川丸《ひかわまる》、その向こうには赤レンガ倉庫、首をぐるっと回せばベイブリッジも見える。

雨に濡れた横浜の街にはいつものキラキラした雰囲気はなく、どこか物思いに耽っているように見えた。クラスの人気者が一人で暗い顔をしてるところを目撃したように、普段は気づけない寂しさを垣間見た気がして、今の私の気持ちに寄り添うようにマッチした。

黒猫のジジの傘を畳み、一人でベンチに座る。

展望台を、独り占めしたような気持ちになる。

こんなにゆっくり、横浜港を眺めたことはなかった。

そこは間違いなく、中学生のころに私が大好きだったドラマの舞台で、これから先もたくさんの物語の舞台になるだろう街だった。あのドラマには、赤レンガ倉庫も、ベイブリッジも、山下公園も、この港の見える丘公園も登場していた。

改めて実感する。私は憧れていた街にいるんだ。夢を、叶えたんだ。

なのに、どうしてこんなに、楽しくないんだろう。

この街に相応しい女になるには、あとなにが足りないんだろう。

そして、目ヂカラについて再び考える。

今日のお昼、学校の食堂でハンバーガーを食べていると、同じ学科の水沢《みずさわ》さんが斜め前に座った。

横浜で生まれ育った彼女は、エッグベネディクトやアフォガートが似合うような女だった。そんな子がガツガツうどん定食を食べている姿は、ギャップ萌えでも狙ってるのかよっていう妬みを通り越し、うどん定食が次のトレンドになるんじゃないかって予感さえさせた。

水沢さんのファッションには週替わりのテーマがあるらしく、今週はエスニック調だった。アジアン雑貨の敷物みたいな柄のワンピース、金色のバングルを大量に手首につけて、頭にバンダナを巻いていた。

すごいなぁ、と思って見てると、水沢さんは私の視線に気づき、うどんを吸い上げながらじっと見返してきた。すごい目ヂカラだった。ハンバーガーを口を詰め込んで、逃げるように席を立った。

目ヂカラが欲しいと思ったのは、間違いなく、彼女の影響だ。

同じ学科のキラキラした女たちの中でも、水沢さんは特別だった。それぞれ競い合うように個性的なドレスを身に纏って並んでいるフランス人形の中で、一人だけ着物を着ているように目立っている。キラキラの中にも、一本、しっかりと芯がある気がする。いつも目で追ってしまう。憧れ、なのかもしれない。

彼女の目ヂカラの理由について、私なりに分析してみた。第一に目の大きさ。これは絶対条件だ。第二に、白目に対する黒目の割合。つまり、黒目の部分が人より大きいこと。黒目が大きいかどうかは、よく観察しないとわからない。でも、黒目の大きい人に見られると、理由はわからなくても違和感がある。それがなんとも言えない魅力となって相手を惹きつける。そして第三が、視線だ。誰かと目が合っても真っ直ぐ逸らさない。それは、自分という存在に自信があるからこそできることだろう。

目じりに手をやって伸ばしてみたり、上下に動かしてみたりする。こんなことで目ヂカラが手に入るなら、苦労はしないってことくらいわかってるけど。目の大きさや黒目の広さはメイクやアイテムで誤魔化すにも限度がある。視線にしても、すっかり自信をなくしコンプレックスの塊になっている今の私にはできないことだった。

視界の端、こっちに近づいてくる人が見えて、慌てて変顔を元に戻した。展望台の独り占めの時間は、もう終わりみたいだ。

そこで、気づいた。

近づいてくる人は、傘を差していなかった。

この雨の中、びしょ濡れになりながら、ゆっくりと歩いてくる。

真っ白い髪のお爺さんだった。地元には、近所にお爺さんお婆さんがたくさん住んでいたので、お年寄りの年齢をあてるのは得意だった。お向かいの植木屋さんよりは上、町内会長さんよりは下、七十五歳ってところだろうか。

びしょ濡れだけど、身なりはとてもしっかりしてた。ブランド物っぽいグレーのズボンに焦げ茶色のちょっとクラシックな感じのジャケット。これまた高級そうな杖を持っている。

太ってるってほどじゃないけど、恰幅《かっぷく》がいい。低い鼻は少し上向きで、細い目は垂れがちだった。なんだかその姿に『となりのトトロ』の中で、バス停に雨に濡れたトトロがやってくるシーンを思い出した。

お爺さんはびしょ濡れで、もう雨宿りしても意味ないよって感じだったけど、隣のベンチに座った。体の正面で杖を立てるようにして、雨の横浜港を見下ろす。

ハンカチ一枚もないのか、濡れた髪を拭おうともしない。

もしかしたら……と、ちょっと不安になる。

少し認知症が始まってるのかもしれない。私の地元にも、ときどき目が虚《うつ》ろになって、ふらっと徘徊を始めるお爺さんがいた。

このまま放っておいたら後悔するのは間違いない。

子供のころから、近所のお爺さんお婆さんたちにお菓子をもらい、可愛がられ続けたせいか、お年寄りと話をするのはわりと好きだった。お年寄りには親切にするものだ、っていう習慣も身に染み付いていた。それに、さっき浮かんだトトロのシーンも重なって、私の背中を押す。主人公の女の子は、雨に打たれるトトロを見かねて、傘を差し出すんだ。

少し迷ってから、リュックからハンドタオルを取り出して、隣のベンチに近づく。

「あの、よかったらどうぞ」

ハンドタオルを差し出す。

お爺さんは、話しかけるまで、近づいた私に気づかなかった。

どこか焦点の定まっていない、遠くを見るようなぼんやりとした目をしていた。

やっぱり、と思う。

でも、振り向いた瞬間、不安は吹き飛ばされた。

すっと、幕が上がるようにお爺さんの表情が変わり、ぼんやりしていた目に力が宿る。決して、大きな目じゃなかった。私と同じような細い目だった。でも、その黒い瞳には、燃え盛る炎があった。

水沢さんよりも遥かに強力な、目ヂカラだった。

「……すまない、考え事をしていた。なにか用かな、お嬢さん」

真っ直ぐに、力強い目で見返してくる。睨《にら》みつけられているわけじゃない、ただ見られているだけなのに、なぜか心の中まで見透かされるような気持ちになる。

目は細いし、黒目の面積だってぜんぜん広くない。目の大きさは絶対条件のはずだったのに、まったく理屈に合ってない。視線は確かにブレないけど、それだけだ。

水沢さんとはまったく違う。この人がどうしてこんな強力な目ヂカラを発している のか、まったくわけがわからない。だから、興味がわいた。この目ヂカラの理由を解明できれば、私だって目ヂカラのある女になれるかもしれない。

気圧《けお》されながらも、なんとか言葉を続ける。

「あの、よかったら、このタオル使ってください。あと、傘もどうぞ、お貸しします。私、折り畳み持ってますから」

お爺さんは、しばらく私を奇妙な生き物のように見つめた。それから、やっと自分が濡れていることに気づいたように、ジャケットの肩や頭を撫でる。

「タオルはいい、持っている。傘だけ、借りられるか」

言いながら、ポケットからハンカチを取り出して、体を拭き始めた。

持ってるなら、早く拭けばいいのに。でも、そもそも、雨の中をゆっくり歩いてくることと自体が変わってる。よっぽど真剣に考え事でもしていたんだろう。

「じゃあ、これ、傘、ここに置いておきますね。あの、貸すだけですよ」

「わかった。ありがとう、助かるよ」

表情は変わらなかったけれど、そう言ったお爺さんの瞳の中に感謝が浮かんだ気がした。目ヂカラの強い人は、相手を威嚇《いかく》するだけじゃなく、いろんな色を映し出すことができるらしい。

でも、私の傘を受け取っても、お爺さんは動こうとしなかった。ずっと、横浜港を見つめている。

「この辺りに住んでるんですか？」

言いながら、隣に腰を下ろす。お爺さんは私が座ったことに、まったく驚かなかった。顔を向けもせず、どうでもよさそうに答えてくれる。

「あぁ、そうだ。そこの坂を下りてすぐのところに家がある」

公園の周りは、かなりの高級住宅街のはずだった。身なりもそうだけど、やっぱりお金持ちなんだろう。

お爺さんともう少し話をしようと思ったのは、もちろん、目ヂカラが理由だった。とびきり目ヂカラの強いお爺さんに、その秘訣《ひけつ》があるなら教えてもらおうと思ったんだ。

幸い、お年寄りと話をするのには慣れていて、地元にいたころは、道端でばったり会っただけで長いこと話し込むことはよくあった。雨だし、すぐに出発する気持ちにもならなかった、っていうのも背中を押したんだろう。

「お爺さん、どうしたら、目ヂカラって出るんですかね？」

「お爺さんではない。あんたは俺の孫でもないしな。増本源次郎《ますもとげんじろう》だ」

言われてすぐに、自分の名前を名乗った。長谷川《はせがわ》果歩です。今年の春から大学生です。と、ちょっとした情報も付け足して。

「それで、目がどうした？」

「目ヂカラですよ。目の力。おじ……源次郎さん、目ヂカラすごいですから」

両目を指差して力説すると、目ヂカラという言葉は知らなかったけど、通じたらしい。

「人の顔にはな、生まれつき手にしているものと、生きながら手にしていくものがある。前者を顔立ち、後者を顔つき、と呼んだりする。お前さんが言ってるのは、どっちのことだ？」

なにやら、難しい答えが返ってきた。でも、その、私には思いつかないような難しい答えこそが、私の望んでいたものだったので、ちょっと嬉しくなった。

「うーん。どっちもです。トータルで」

「顔立ちは、親から貰ったもんだ。どうしようもない。あきらめろ」

さっき、目じりを引っ張ったり上げ下げしていた自分を思い出して恥ずかしくなる。そりゃそうだ、どうにかしたいなら、切ったり縫ったりするしかないんだろう。

「では、顔つきの方だけで」

「顔つきは、そうだな、自分が何者か知ってるやつは、いい目をするもんだ」

自分が何者か。

私はなにものか。

長谷川果歩。大学生。それに続く言葉は、一つも思い浮かばなかった。

「あの、私の目ってどう思います？」

「なにも考えとらん目だ」

「えー、ショック。私だって、いろいろ悩んでるのに」

「ふん、お前さんの年頃の悩みなんて、吹けば飛ぶようなものだろう」

「そんなことないですっ！」

鼻で笑われたのが悔しかったし、どうせもう二度と会うことはないんだからって開き直ったのもある。

もしかしたら、ベテランの刑事が犯人の自白を引き出すように、源次郎お爺さんの目ヂカラが私に口を開かせたのかもしれない。

とにかく、私は、私が抱えている悩みについて、初めて会った老人に話した。

憧れていた横浜の大学にやってきたこと。でも、まったく馴染めないこと。友達もできず、学校にも街にも壁を感じて、コンプレックスの塊になっていること。そして、こんな自分を変えたいと、必死で考えていること。

でも、私の話を聞いても、源次郎さんは表情一つ変えず、史上最悪に出来の悪いレポートを見た教授のように冷めた目を向けるだけだった。

「周りにどう見られるかを気にしているうちは、ずっと今のままだな」

確かに、私の悩みはなにかトラブルを抱えているのではなく、周りと自分を比べて落ち込んでいるだけだ。でも、それが私にとっては一大問題なんだ。

「わからんのなら、あんたの周りの友達にでも聞いてみるといい。お前は何者か、とな」

「こっちに友達はいないって、言ってるじゃないですか」

そう言いながらも、考えてしまう。

水沢さんに聞いてみたら、なんて答えてくれるだろう。

少なくとも、私よりはまともな言葉が返ってきそうだ。

「あ、雨、止みましたね」

どうやら、通り雨だったらしい。雨が止んで、雲の隙間から光が差し込んでくる。

空気が洗い流されたように、景色がいつもより澄んで見えた。

辺りに立ち込めていた雨の匂いが弱くなる。代わりに、雨上がり特有の纏わりつくような湿気が肌に触れる。

私が置いた傘を持つと、源次郎さんはゆっくりと立ち上がった。そして、振り向きもせずに言う。

「じゃあな、お嬢さん」

歩き出しながら、傘を開く。地元の友達からもらった黒猫のジジの雨傘が、ばさり、と音を立てて広がる。

びっくりして、やっぱり認知症が始まってたのか、と思いながら声をかける。

「あの、雨、止んでますよ」

「わかってる。だが、せっかくあんたがくれた親切だ。借りていく」

「え……あ、あの、あげたわけじゃありませんよ！　私、ほぼ毎日ここ通るんで、このベンチに置いといてください。回収しますから」

源次郎さんは振り向きもせず、わかった、というように小さく傘を持ち上げると、来たときと同じようにゆっくりと歩き去っていった。

ローズガーデンの脇を、すっかり晴れた空の下、傘を差して歩いていく老人。公園ですれ違った人たちが、ちょっと可笑しそうに振り向いている。でも源次郎さんは、そんなことまったく気にしてないようだった。

見てるこっちが恥ずかしい、私の親切なんてただの思いつきだから気にしなくていいのに、とは思うけど、なんだか胸があったかくなる。

雨があがったからか、展望台にカップルが現れたので、逃げるように立ち上がった。去り際に見た雨上がりの横浜の街は、さっきまでの物思いに耽る様子はなく、すっかりいつもの人気者の顔に戻っていて、やっぱり私の居場所はどこにもない気がした。

晴れの日が数日続いた。

大学がある日は、毎日、港の見える丘公園を通ったけど、ベンチに黒猫のジジの傘が置いてあることはなかった。お年寄りだから忘れているのか、それとも、返してくれたけど他の誰かに盗《と》られてしまったのか。せっかく、友達にもらったお気に入りだったのに。

ポケットに手を入れて、イギリス山を早足で通り過ぎるとき、ちらりと横目で展望台を確認するたびに軽い失望を感じた。

黒猫のジジの傘が帰ってこないまま、次の雨の日がやってくる。

朝からの大雨は、天気予報によると一日中続くらしかった。いつ買ったのかも覚えていない、コンビニのビニール傘を持って学校にいった。

帰り道、展望台に立ち寄った。

雨の日の展望台は人気がなく、また吸い寄せられるようにベンチに座って港を眺めた。横浜港は今日もまた物思いに耽っているようで、私の心に擦り寄ってくる。もしかしたら、この展望台は寂しがりやなのかもしれない。カップルや家族連れが寄り付かないときだけ、こうして雰囲気を変えて、私のような偏屈を誘うんだ。

ふと、視界の端に、見慣れた傘が現れた。

源次郎さんが、さも自分の所有物であるかのように、ぬけぬけと黒猫のジジの傘を差して近づいてきて、隣のベンチに座る。

さすがに、ちょっと頭にきた。なにが、私があげた親切だ。これは、一言いっとかないと。

立ち上がって、隣のベンチに移動する。

「それ、私の傘ですからね。あげたわけじゃないですよ」

源次郎さんは、私がいきなり話しかけても、まったく驚かなかった。気づいていたのか、いなかったのかもわからない。ただ、ずっと会話をしていて、その続きのように答えてくる。

「こんな雨の中、年寄りから傘を取り上げるのか」

「……今日、返してとは言いませんよ。でも、今度、返してもらいます」

当然だ、というように目ヂカラのある瞳で私の方をチラリと見ると、すぐに視線を横浜港に戻した。

それで話は終わり、かと思いきや、源次郎さんの方から質問がきた。

「今度は、なにを悩んどるんだ」

さっきのチラ見で、私の心はすっかり見透かされたらしい。

「……飲みにいこうって、誘われたんですよ。同じ学科の、キラキラした人たちに」

「なんだ、そのキラキラというのは」

「すごいお洒落でセンスがよくて声が大きくて綺麗な人たちのことです」

「なるほど。確かにあんたはキラキラしてないな」

「知ってますよ。ほっといてください！」

「だが、よかったじゃないか」

「いくかいかないか、迷ってるんです」

「いったいなにを迷うんだ。いけばいいだろう」

それで、すんなり出かけられるようだったら、ここまで苦労はしてない。

自分の体を見下ろして思う。相変わらず田舎町のマネキンのような服。鏡を見れば、もっとたくさんのことに気づく。地味でぼんやりとした顔、細い目、ぽつぽつとニキビの目立つおでこ。メイクでは誤魔化せない、欠点だらけの私。他の女の子たちと並んでお洒落なお店のテーブルに座ってる姿を想像すると、笑えるくらいに浮いている。

飲みにいこうと誘ってくれたのは、水沢さんだった。

大学の食堂で、隣のテーブルに座った水沢さんを無意識のまま目で追っていた。今週はデニムのジャケットがブームらしく、毎日色んな着こなしをしている。

そんなにじっと見つめていたつもりはなかったけど、水沢さんは気づいたらしい。いきなり立ち上がり、ツカツカと近づいてくる。パニックになる私に、目ヂカラ全開の瞳を真っ直ぐ向けて、ちょっと攻撃的に言った。

「ねぇ、こないだも私のこと見てたよね。なにか言いたいことあるなら、はっきり言ってくんない？」

正直、怖かった。

言いたいことなんかなかった、ただ単純に気になってただけだ。説明しても伝わらないだろうし、気味悪がられるかもしれない。謝ったところで、別に謝ってくれなんて言ってないんだけど、って返ってきそうな気がした。

咄嗟《とっさ》に浮かんだのは、源次郎さんの言葉だった。

「あの、あなたは、自分が何者か知ってますか？」

意外な返答だったんだろう。水沢さんは、大きな目を数回ぱちくりさせてから、豪快に笑い出した。

食堂に、彼女の笑い声が響き渡る。周りの人たちが注目するけど、水沢さんは気にしなかった。そして、笑顔と一緒に告げた。

「あんた、面白いね。うぅん、なんか、面白そうな子だなってのは思ってた。ねぇ、今週のどっかで、ユカたちと一緒に飲みにいくんだけどさ、よかったら一緒にいかない？」

私たちはアドレスを交換し、ついでに、半ば強引にいつでも気軽に連絡をとれるアプリをダウンロードさせられた。

そして、ついさっき、さっそくメールが来た。飲みにいく話だけど明日の夜ってどう。水沢さんらしい絵文字一つないサバサバした文章だった。

私はまだ、そのメールに返信できずにいる。

「お前さん、人なつっこさだけがとりえだろう。見知らぬ年寄りに、こんなに気安く話しかけてくる娘はそうおらんぞ」

「そうなんですよ。地元ではどちらかというとクラスのまとめ役で、ファッションリーダーだったんですよ」

「なんだ、そのファッションリーダーというのは」

「お洒落とか流行とかにすごく敏感な人のことです。それで、みんなの先をいって引っ張っていくからリーダーなんです」

説明していると、悲しくなってきた。地元で私がリーダーだと思っていたものは、リーダーでもなんでもなかった。雑誌をマメにチェックして、いち早く誰かの真似をしていただけなんだ。

「でも、なんていうか、横浜に来て思ったんです。この街にはリーダーなんていなくて、誰もが自分に似合う服だとか、自分が好きなものをちゃんと知ってるんです。ファッションリーダーがいるってことは、きっと、それだけでもうお洒落じゃないんですよ」

私は自分のことをなにも知らない。どんな服が似合うのかも、どんな服が好きなのかも。どうやればそれを知ることができるのかもわからない。

最初に会ったときに、源次郎さんに言われた言葉を思い出す。私はいったい何者なのか。その問いに答えられない自分の空っぽさが、服にも表れているような気がした。

「みんな、可愛いとか、カッコいいとか、カッチリしてたり、ゆるふわだったり、自分のカラーをちゃんと知ってて、それだけで私とは全然違って、私一人だけ遠い世界に置いてけぼりになってるんです」

「俺には、街にいる若者たちと、あんたの服とでなにが違うのかよくわからんがな」

「源次郎さんは、興味ないからですよ。ほんっとに、全然違うんです。講義とかで近くに座ってても、なんて話しかけたらいいのかわかんないし、ぜったいに友達になれない」

「それは、あんたが勝手に考えているだけだろう。自分が全てだと思っていることが、相手にとっては、取るに足らない些細《ささい》なことだったというのはよくある」

「えっと、それってどういう意味ですか」

「つまりは、あんたが思ってるほど、周りはあんたのことを気にしていない。よしんば注目していたとしても、誰もあんたのことを笑ったりしていない、そうじゃないかと思うんだがね」

「私が、自意識過剰ってことですか」

「難しい言葉を知ってるじゃないか。その通りだ。あんたを見て笑ってるのは、あんた自身だ」

「……そんなこと、ないですよ」

確かに源次郎さんの言う通り、興味のない人から見れば些細なことなのかもしれない。でも、私にとってはディズニーランドと他のテーマパークくらいの差がある。

水沢さんや、他の子たちを思い浮かべる。やっぱり、私とは全然違う。高級なフランス人形と木彫りのコケシ。別に、コケシを馬鹿にしているわけじゃないけど、横浜に似合うのはどう考えたってフランス人形で、私もフランス人形になりたいんだ。

「そもそも人間なんてものは、賢そうに見えても鈍そうに見えても、根っこのところはそうそう変わるもんじゃない。お前さんは、俺がなんでも知ってるように思っているかもしれんが、頭の中身を聞かれれば、あんたと同じ位の歳のころからそうそう成長しておらん」

「そう、なんですか？」

「確かに仕事の腕ならば、話は違ってくる。玉掛けのやり方や木槌《きづち》の振るい方、鉋《かんな》や鋸《のこぎり》の使い方一つとっても、覚えたばかりの新人と、何十年もやってきた職人には、天と地の差がある」

鉋や鋸。それが、大工道具の名前だと思い出すのに、数秒かかった。

「源次郎さんは、大工さんだったんですか？」

「大工仕事もしたが、本職は鳶《とび》だ。頭《かしら》をしていた」

「なるほど。それで、その貫禄ですか」

大工と鳶のなにが違うのかよくわからなかったけど、話の本筋じゃないので聞くのはやめておく。後で、調べてみよう。

「仕事や学問については、どんなものにも一日《いちじつ》の長というのがある。だがな、もって生まれた感覚や性格は変わりようがない。俺もそうだ。小さなことで苛立つし、親切にするのもされるのも照れくさい。変えようと思っても、子供のころから変わらんよ」

それから、目ヂカラの強い瞳に、わずかに懐かしさを浮かべながら続ける。

「もちろん、なにを美しいと思い、どこに拘《こだわ》りを見出すかもな。物づくりをしているとそれがよくわかる」

「なんか、意外ですね。そんなこと言うお年寄りは初めてです」

「俺が皮肉屋なわけじゃないぞ。たいがいの年寄りは、人生を悟った振りをしているだけだ。こんな年寄りでさえこうなんだ。あんたと、あんたの周りにいる人間に、違いなどあるわけないだろう」

「でも、やっぱり違いますよ。私は今の源次郎さんのように、すらすらと自分の言葉が出てこない。それってすごいことです」

「それも技術だ。心の成長ではない。若者と年寄りで、一つだけ差があるのは、どれだけたくさんの後悔をしているか、それだけだよ」

「……源次郎さんも、後悔してることがあるんですか?」

「あるとも」

その瞬間、私は見た。

目を合わせるだけで気圧されるような目ヂカラを持つ老人から、ふっと力が抜ける。瞳から力が消え、同時に、輪郭が揺らいでしまったように気配がおぼろげになる。

初めて出会ったときのようだった。雨に濡れて歩いてきた老人、どこか虚ろな遠い目。きっと、それは、この人が抱える後悔からやってくるんだ。

源次郎さんはすぐに目ヂカラを取り戻すと、言葉を続けた。

「どんな人間も後悔をする。ただ一つ言えるのはな、後悔は頭の中だけでするよりも、実際に手を動かしてした方がよっぽどためになるということだ。これは、俺が鳶をしていたときに学んだことだがな。ロープを巻きつけるのも、木槌を振るうのも、何度も失敗して後悔しているうちに、どうすれば上手くいくかわかるようになる。手を止めていくら考えたって、なにも見えやせんよ」

淡々とした声には、相変わらず、優しさの欠片《かけら》も感じられなかった。

でも、私を応援してくれてるんだってことはわかった。

源次郎さんの言う通り、ここで断るのは簡単だ。でも、断ったところでなにも変わらない。いけばよかった、っていうそれ以上前に進みようがない後悔をするだけだ。

「なんだか、勇気が出ました。私、いきます。ありがとうございました」

そう言うと、源次郎さんはチラリと私を見て、面白くなさそうに立ち上がった。

「あんたが自分で決めたことだ。礼を言われる筋合いはない」

黒猫のジジの傘をばさりと広げ、立ち去っていく。偏屈で頑固者だと思ったけど、その中に、わずかな照れ隠しがある気もした。

「その傘、ちゃんと返してくださいね」

背中に声をかけるけど、答えはなかった。源次郎さんは、まったく似合ってない黒猫のジジの傘を差したまま遠ざかっていく。

しばらく展望台に残って、じっくりとメッセージを考えてから、水沢さんに送信した。ぜひ参加させてください、楽しみにしてます。十五分も悩んだと思えないくらい、シンプルな文章だった。

源次郎さんは、どうやら雨の日にだけ展望台に現れるようだった。晴れた日にはまったく姿を見せず、雨の日は、当たり前のように私からレンタル中の黒猫のジジの傘を差して現れた。傘を返さないための嫌がらせかと思ったりもしたけど、会話を重ねるうちに気づく。雨の日にだけ現れるのにも意味があるようだった。

私と同じように、雨に濡れた横浜港が好きなのかもしれない。カップルや家族連れと並んでベンチに座るのが嫌なのかもしれない。もしかしたら、気づかなかっただけで、私が話しかけるよりも前から、雨の日にだけこうして公園に来ていたのかもしれない。見かけるたびに、いつまでたっても返してもらえない傘を口実に話しかけ、ついでに悩みを聞いてもらった。大学での人間関係のこと、地元の友達にいろいろと見栄を張るのが大変だってこと、心配性の母親が毎週のように電話してくること。源次郎さんは愛想笑い一つ浮かべなかったけど、嫌な顔をすることもなかった。淡々と、話し相手になってくれた。

いつの間にか、雨の日を心待ちにするようになっていた。

朝起きて、窓の外に雨が降っていたら少しだけほっとした。天気予報で明日が雨だと、なにを話そうか考えるようになった。言うことをきかなくなる髪にも、今までのようにイライラしなくなった。

源次郎さんのおかげで、あんなに上手くいかなかった大学生活も、だんだんいいことが起きるようになってきた。

水沢さんとの飲み会は、その中でも大きな一歩だった。

今まで気後れしていたのはなんだったんだろう、というくらい、水沢さんも、彼女の友達も、普通の子だった。私の知らない言葉を知ってたし、私がいったことない場所にたくさんいってたけど、アイドルが好きだったり横浜ベイスターズのファンだったりコンビニスイーツをよく食べていたり、地元の友達と同じような話で盛り上がれた。

「私たち、あんたにあだ名つけてたんだよね」

飲み会が始まってしばらく、緊張してなにを話せばいいのかわからず黙りこくっている私に向けて、水沢さんが言った。

それを聞いた瞬間、私の心は、できるだけ傷つかないように身構えた。田舎町のマネキンのような服のことをからかわれるんじゃないかと警戒していた。

でも、聞こえてきた言葉は、予想と全然違うものだった。

「テツガクシャ、っていうの」

「て、哲学者？」

「だってあんたさー、いっつも難しい顔してさー、眉間に皺《しわ》寄せて、俯きながら歩いてるんだもん。なに考えてんのかなー、どんな子なのかなー、って気になってたのよね」

周りにいた子も、うんうん、と頷く。

「あー、私もちょっと気になってた。講義のときに、悩みながら耳に鉛筆のせてるの見て、噴き出しそうになったことあったもん。昔の漫画みたいだったぁ」

「でも、長谷川さんってさ、英語で当てられたときの発音、すごくいいよね！」

意外な言葉だった。それから少し遅れて気づく。彼女たちが見ていたのは、源次郎さんが言った通り、服じゃなかった。私の行動や仕草《しぐさ》だった。私という人間のことだった。

水沢さんは私の目を正面から見つめる。大きな黒目の中に悪戯《いたずら》っぽい輝きが浮かんでいた。

「それで、この前、話しかけたらさ、あなたは自分が何者か知っていますか、だもん。もう、おかしくって、おかしくって」

「いっつもそんなこと考えてるわけじゃないから！」

思わず大声で言い返すと、水沢さんはオーバーに声を上げて笑った。

気がつくと、私の緊張はすっかりほぐれていた。これまで感じていた距離はなんだったんだろうって思えるほど自然に話すことができた。

そこには、私がずっと感じていたぶ厚い壁はなかった。キラキラして見えていたのは私だけで、きっと彼女たちには、自分たちがキラキラしている自覚なんてなかったんだろう。

話題の中に「私の服装ってどう思う？」という質問をこっそり混ぜてみた。それを聞いた水沢さんは普通でしょ、と答えた後で「哲学者が服のこと気にしてる」と言って、またオーバーに笑い、今度の休みにお気に入りのショップに連れていってくれることになった。

水沢さんとは特に気が合った。なんでも、私の言動がすべてツボ、なのだそうだ。それってからかわれてるだけなんじゃないか、とも思ったけど、だんだん彼女が豪快に笑うのを見るのが楽しくなってきた。

次の日から、授業を受けるときや食堂でランチを食べるときは、水沢さんと一緒になった。たまに、水沢さんの友達も一緒になって、少しずつ話をするようになった。びっくりしたことに他にも数人から、気になってた、一度話をしてみたかった、と言われた。確かに、フランス人形の中にコケシが一つあったら目立つだろう。フランス人形がコケシに、気になっていた、と言うのはカワイイ、キレイと褒め合う人たちにユニークと言われたようで、望んでいたものとはかけ離れていたけど、それでも仲良くなれたのは大きな前進だ。

少しずつ、胸を張って歩けるようになってきた。

自信がついた、というのとは違う。もう仕方ないやっていう、開き直りに近い。コンプレックスは消えない。フランス人形への憧れも消えない。でも、おかげでみんなの注目を密《ひそ》かに集めていたのなら、私のコンプレックスも少しは役に立ったのかもしれない。

無いものを欲しがるより、有るものでなんとかやっていくしかないんだ。そう、思えるようになってきた。

きっと、ぜんぶ、源次郎さんと話をしたおかげだ。

七月も半ばを過ぎ、天気予報は梅雨明けが近いことを告げていた。初めて、梅雨の季節が過ぎるのを残念に思った。

それは、梅雨明けの予想日を週末に控えた雨の日だった。

イギリス山を通り過ぎると、源次郎さんが展望台に座っているのが見えた。当然のように、黒猫のジジの傘をベンチに立てかけて。

大学生活は上々。お礼を言ったところで、俺は話を聞いただけだ、と言うだけなのは目に見えているので、代わりに上手くいっている報告をすることにしていた。

勝手に隣に座って、話しかける。

「ちょっと出遅れたんですけど、今度、サークルに入ってみようと思うんです。テニスをやってる子に誘われてて。実は私、高校のとき、いちおうテニス部だったんですよね」

「……そうか」

その返事に、違和感があった。

少しくぐもっていて、いつものような淡々とした声じゃなかった。目ヂカラもなんとなく弱い気がする。

「答えは出たか。自分は何者か」

私が話題を振るより先に、珍しく源次郎さんが聞いてきた。

それは、最初に話をしたときに、言われたことだった。

自分は何者か。それを知ってる人間は、いい目をしている。

答えはまだ、見つかってない。でも、わからない、のままだと初めて聞かれたときと変わらないので、水沢さんたちと話して自分について気づいたことを話してみた。

「最近、面白い、ってよく言われるんですよね。田舎育ちなので、ローカルな話がウケたりするんです。これまでは、地元の話は避けるようにしてたんですけど。意外とお喋り上手なのかも。あと、周りの人を和《なご》ませるそうです。地味な顔や低い声のせいですかね、一緒にいると安心するって言われます」

源次郎さんはなにも言わず、横浜港を見つめていた。今の回答では合格点をもらえなかったような気がして、付け足す。

「でも、そういう小さなことはわかったけど、もっと核になるところはまだ見えてないというか、これから先、どうなりたいのかとかはまったくわかんないというか。だから、自分が何者か、それはこれから先も考えていきます」

実はほとんど、水沢さんの受け売りだった。一緒にお酒を飲んだとき、聞いてみた。自分は何者か。水沢さんは楽しそうに笑って教えてくれた。

「そんなのわかってたら、こんな中途半端な学部選んでないって。私は今、自分が何者で、これから何者になりたいのかを探してるの。まぁ、わかってることといえば、人一倍、ファッションに興味があるってことくらいかな。その近くに、答えがある気はする」

それを聞いて、きっと、私も同じところにいるんだと思った。

「とにかく、私の目も鼻も口もちょっと太い足も、人より低い声もくせっ毛も、全部、捨てたものじゃないってことですね」

「……そうか。少しは進んだな」

やっと合格点をもらえた気持ちになった。

話が一段落したので、私も気になったことを尋ねてみる。

「なんだか、今日は元気がないですね」

「そう、見えるか」

「はい。とても」

「一つだけ、頼みがあるんだが、聞いてくれるか？」

いつになく改まった声だった。

「公園の端に、近代文学館という建物があるだろう。そこまで連れていってくれんか？」

少しだけ、躊躇《ためら》ってしまう。

雨の日に展望台で話をする、ただ、それだけの関係だった。

源次郎さんは自分から関わろうとするような素振りはしなかったし、だからこそ割り切って色んなことを話せたんだ。それが、お互いにとって一番心地いい距離感だと思っていた。

「私、文学なんて興味ないですけど」

「頼む。あんたの気持ちはわかる。この一回だけだ。目が悪くてな、普段、歩きなれてない場所を歩くことができないんだ。今日、どうしても、あそこにいかなければならないんだ」

そこまで言われると、断ることはできなかった。

源次郎さんには、確かに感謝している。なにか恩返しができる機会は、これを逃したらないだろう。それに、源次郎さんの声には、なにか重要なことがあるような気配があった。

だんだん強くなる雨の中、案内するように歩き出した。

神奈川近代文学館は、港の見える丘公園の北側にある建物だ。イギリス山を通り過ぎ、煉瓦造りの霧笛《むてき》橋を渡ると、木々に囲まれるようにしてどっしりと建っている。イギリス山の華やかさとも、フランス山の静けさとも違う。公園の雰囲気を無視して、役目を重視して造られたような開き直った佇《たたず》まいは、大学内にある図書館を思い出させた。

源次郎さんは、ローズガーデンの辺りを過ぎると歩くのがしんどそうになった。普段、こちら側へ来ることがないと言っていた。目の悪い人にとっては慣れない道はかなりの負担になるんだろう。杖をつきながら、ゆっくり、道の凹凸《おうとつ》を確かめるようにして歩く。途中から源次郎さんの傘も私が差すことにした。二人分の傘を差しながら、段差があるたびに注意したり、手を貸してあげたりしながら案内した。

普通に歩けばすぐ近くなのに、文学館に着くまで三十分くらいかかった。源次郎さんのために傘を持っていたので、肩がびしょ濡れになっていた。ぺったりと肌にはりつく服が気持ち悪い。

文学館の辺りまで来ると、人気はほとんどなくなる。

ここに建物があることはもちろん知っていたけど、訪れたのは初めてだった。

入館料を払って、中に入る。

展示室はガラス張りで、色んな作家の資料が展示されていた。夏目《なつめ》漱石《そうせき》、芥川《あくたがわ》龍之介《りゅうのすけ》、太宰治《だざいおさむ》などなど。作家ごとにコーナー分けされていて、写真や生原稿なんかが並んでいる。

正直、私には退屈な場所だった。

小説なんて滅多に読まない。名前も知らない作家がほとんどだったし、知ってる作家も、読んだことがあるのは学校の教科書に載っていた話くらいだった。

入って数分で飽きてしまった。でも、源次郎さんは一つ一つ丁寧に、時間をかけて眺めていく。目が悪いので、ときどき「あれはなんて書いてある」なんて聞いてくる。そのたびに、声に出して読んであげた。

最初は黙って付き合っていたけど、少しずつ苛立ってくる。

この後、用事があるわけじゃない。源次郎さんには感謝してる。でも、こんなに時間が取られるとは思ってなかった。

文学館には、他に文系カップルが一組いて「あ、すごい、夏目漱石から芥川龍之介にあてた手紙だってー」とか「中原中也《なかはらちゅうや》ってゆあーんゆよーんの人だよねー」とか私にはなにが楽しいのかわからないことを喋りながらイチャついてる。

展示されている小説家の写真は、時代が違うからか、それとも小説家には変わり者しかなれないのか、奇抜な格好やポーズをしている人が多かった。

「うわ、こんな丸い眼鏡してる人、実際にいたんだ。漫画みたい」

「この人、すっごいかっこつけてる。小説家だぜ、って感じ。カメラ目線、意識しすぎ」

などとファンがいたら怒りそうな呟きをしながら、少しだけささくれ立った心を皮肉っぽい感想で誤魔化す。

半分は、興味がないことをアピールして、源次郎さんにもう少しペースあげてください、と伝えてるつもりだった。

でも、源次郎さんは私の呟きを聞くたび、じろり、と横目で睨むだけ。いつもより弱いと感じていた目ヂカラは、文学館に着くと輝きを取り戻している。

「一人くらい、好きな作家はおらんのか」

「だから、本なんか読まないって言ったじゃないですか」

不貞腐《ふてくさ》れるように答える。源次郎さんは、やれやれ駄目なやつだ、というように首を振った。せっかくここまで連れてきてあげたのに、興味ないのに付き合ってあげてるのに、とまた苛立ちが積もる。

別のフロアに移ると、見覚えのあるタイトルの小説が紹介されていた。

『風立ちぬ』、スタジオジブリの映画の原作として使われていたものだ。作者は堀辰《ほりたつ》雄《お》。でも、この小説がそのまま映画の原作というわけではなかったらしい。主人公の名前も職業も、ヒロインの名前も違う。

「あ、私、これ知ってますよ」

と言うと、源次郎さんは、見直した、というように視線を向ける。私が得意げに「ジブリの映画で」と続けると、露骨にがっかりした顔をした。あぁ、もう、なんかイライラする。

我慢を続けて、展示も最後の方までやってきた。

大佛次郎《おさらぎじろう》という作家の特設コーナーがある。

期間限定の特別企画だからか、急に雰囲気が変わった。これまでいかにも文学といった感じの、私とは縁遠い展示ばかりだったのに、子供向けに描かれた絵本が並んでいる。

タイトルは『スイッチョねこ』。絵を変えて何回も出版されているらしく、色んなタッチで描かれた猫の絵本があった。

猫たちがじゃれ合っている絵が可愛かったので、思わず見入ってしまう。はじめて、興味がわく展示を見つけた気がした。

でも、スイッチョ、ってなんだろう。聞いたことがない。

そんなことを考えながら、解説文を読む。スイッチョは、バッタやコオロギのような虫のことで、『スイッチョねこ』は、スイッチョという虫を生きたまま丸呑みしてしまった子猫が巻き起こす騒動の話らしい。よく見ると、虫を呑み込む猫のイラストもあった。

興味は、一気に冷めた。

「うげ。虫を呑み込むなんて、気持ち悪い。せっかく猫、可愛いのに。なにこれ」

何気なく、口にした。

源次郎さんに、これまでのように、駄目だこいつは、って顔をされると思った。もう、がっかりされたっていいやって開き直っていた。

でも、違った。

「……なにを、言ってる？」

信じられない言葉を聞いたって感じの声が、返ってきた。

「これですよ、猫が虫を丸呑みしたって絵本。子供たちはちょっと引いちゃわないですか。もっと可愛いものを呑み込めばよかったのに。小鳥とか鈴とか」

「君は、そんなこと言わない」

誤りを正すような、強い声だった。

目ヂカラのある瞳を開いて、源次郎さんが近づいてくる。

「え、いや、そんなこと言わないってなんですか」

「そんなこと言わないはずだ」

急に、右腕を摑まれた。

さっきまで杖を頼りにゆっくり歩いていた老人とは思えない力だった。

怖かった。そして、気味が悪かった。

「ちょっと、なんですか、いきなり」

摑まれた腕を、反射的に払ってしまう。

勢いよく払った反動で、源次郎さんの体が揺れた。私の腕を摑んだのと反対側に持っていた杖が、手から離れる。カラン、と杖が床を打つ音が響いて、源次郎さんは、ゆっくり、スローモーションのように膝を突いた。

自分の行為にはっとする。大丈夫ですか、と慌てて声をかけようとする。でも、それより先に、源次郎さんはもう一度、呟いた。

「君は、そんなこと言わない」

ぞくり、とした。

両膝を突いて、私を見上げてくる老人の目には、なにも映ってなかった。目ヂカラは消えて、最初に会った日と同じ、虚ろな遠い目をしていた。

裏切られた気がした。源次郎さんには感謝していた。無愛想だけどすごくいいお爺さんだと思っていた。それなのに。

ずっと憧れていた学校の先輩から急にヒドいことを言われたような気持ちだった。

「文学なんか知らないって言ったじゃん。勝手に好きなもの押し付けないで！」

気がつくと、叫んでいた。

さっきの文系カップルが、迷惑そうに振り返る。

源次郎さんはなにも答えない。これまでなにを言っても、説教するように言葉を返してくれたのに。まるで、私の言葉に、仕打ちに、打ちのめされたような顔をしていた。

目の前の老人は、どうにもみすぼらしく情けない姿に映った。

「私、帰ります」

いたたまれなくて、逃げるように背を向けた。

杖を落とし、膝を突いた老人を一人残して、文学館を出る。

罪悪感が胸を締めつける。

あんなお年寄りに声を荒らげるなんて、放ったらかしにして帰るなんて、どうかしてる。怪我はしなかっただろうか。文学館からちゃんと一人で家まで帰れるだろうか。

でも、どうしても、引き返すことはできなかった。

ロビーの傘立てには、黒猫のジジの傘と、いつ買ったのかも覚えてないビニール傘が並んでいた。ほんの一瞬だけ迷って、ビニール傘を手に取る。

雨は来たときよりも強くなっていた。傘に当たって弾ける雨音は、私を責めているように聞こえた。


梅雨が明けた。

天気予報の通り、しばらく晴れの日が続いた。

公園を通るたび、ううん、ちょっとした時間があるたびに、源次郎さんのことを考えた。
最初は、私は悪くないって思っていた。裏切られたような気持ちを引き摺ってい
た。でも、日が経つにつれて、自分の行為を反省するようになった。
あの日の源次郎さんは様子がおかしかった。きっと、なにかあったんだろう。なに
か、悲しいことがあったんだ。
それなのに、突き放してしまった。
いつもと違う一面を見て動揺したせいもあるんだろう。私が知らなかっただけで、
あの時に見たのも、源次郎さんの一部にはちがいないのに。
これまで、ヘコんでるときに話を聞いてくれた。色んなアドバイスをしてくれた。
それなのに、私は酷い裏切りをした。なにがあったのか、どうして様子がおかしかっ
たのか、理由を聞こうともせずに拒絶してしまった。
文学館にいくまでに濡れたことや時間がかかったこと、興味のない展示に飽き飽き
してたこと。そんなことに、イライラするなんてどうかしてた。
次に会ったとき、謝ろう。
それから、ゆっくり話を聞いてあげよう。
あの日、なにがあったのか。なにを考えていたのか。

でも、夏らしく晴れの日ばかりが続いて、展望台のベンチに源次郎さんの背中を見かけることはなかった。

大学生活は、順調だった。

水沢さんや他の友達と、何度か横浜の街や都内に遊びにいった。夏休みになったら湘南《しょうなん》にいこうと誘ってもらった。テニスサークルにも入って新しい友人もできた。私が何者かはわからないけど、私の周りに張り巡らされていたガラスは氷でできていたかのように、ゆっくり溶けて薄くなって、気がつくと消えてなくなっていた。

それも、源次郎さんが踏み出すきっかけを与えてくれたおかげなんだ。光に照らされ影ができるように、大学生活が上手くいけばいくほど、胸の中に生まれた後悔は色濃くなっていった。

待ちに待っていた雨が降ったのは、文学館にいってから一週間が過ぎたころだった。

朝は曇りだったけど、昼前になるとぽつりぽつりと雨が地面を濡らし始めた。我慢できず、午後の講義をサボって港の見える丘公園に向かった。

雨の中、傘を差してフランス山の階段を上る。傘に当たる雨音が心地いい。今日もお気に入りの風車はゆっくり回っていて、心を落ち着かせてくれた。

森を抜けて、イギリス山が見えてくる。

港の見える丘のベンチに、源次郎さんの姿はなかった。

落胆する気持ちを抱えて、展望台に近づく。雨の横浜港は、いつもよりはっきりと寂しさを浮かべているように見えた。眺めていると、ここから見える景色が私の心に寄り添っていたのではなく、ただ、私の心を映していたのだと気づいた。

きっとこの街は、中学生の私が憧れていたようにお洒落でキラキラしているだけじゃない。雨の日になるたび感じていたように寂しさを隠してもいない。ただ、色んなものを受け入れてくれる懐《ふところ》の広い街なんだ。この街で出会った人たちが、そうだったように。

そのうち、いつものようにひょっこり現れるだろう。

そう思って、ベンチに座って待つことにする。

久しぶりの雨で下ろすのを忘れられたのか、公園の中に掲げられたカラフルな旗が雨に打たれていた。港の見える丘公園が『コクリコ坂から』の舞台のモデルになった記念として設置された、映画の中に出てくる信号旗。意味はたしか「航海の安全を祈る」だったはず。

ぼんやりと、港を見ていた。

だから、声をかけられるまで、すぐ傍に人が近づいているのに気づかなかった。

「あの、こんにちは」

源次郎さんじゃなかった。

柔らかい、女性の声だった。

振り向くと、髪の長い女の人が立っていた。歳は、私よりずいぶん上、三十代半ばあたりだろうか。

お返しに、ぺこり、と頭を下げる。この人が、なんのつもりで声をかけてきたのかわからない。誰かと喋りたい気分だったのかもしれない。でも、私はとてもそんな気分じゃなかったので、すぐに顔を背けた。

「長谷川果歩さん、ですか？」

確かめるように、名前を呼ばれた。

驚いて、もう一度見返す。彼女は安心したように笑って、さらに近づいてくる。

「増本恵子《けいこ》といいます」

その苗字には、一度だけ、聞き覚えがあった。

「増本源次郎の、娘です。少しだけ、お話をさせていただいてもいいですか？」

手には彼女のものの他にもう一本、黒猫のジジの傘が握られていた。

「……いいですけど。源次郎さんは、どうしたんですか？」

「父は、死にました。もう葬儀も一通り終わって、落ち着いたところです」

心臓が、跳ねた。

死んだ？

源次郎さんが？

梅雨が明けるまでは雨が降るたびに、ここに座って、こうして話していたのに。

「……いつ、ですか」

「先週の、雨の強かった日です」

最後に会った日だった。一緒に、文学館にいった日だった。

あの日の後悔が、頭の中いっぱいに広がる。

私が……………私の、せい？

鼓動が、ものすごく速くなっていく。

信じられない。信じたくない。

私の気持ちをどれくらいわかっているのか、恵子さんは柔らかい笑みを浮かべる。

言われてみれば、細い目は源次郎さんに似ていた。でも、目ヂカラはまるでない。品がよくて物腰の柔らかい人だった。

「果歩さんは、父と、この公園で何度も会われていたんですよね。父の手帳にあなたのことが書いてありました」

手に持っていたバッグから、一冊の手帳を取り出す。質がよさそうな革表紙の手帳はずいぶん使い込まれていて、いかにも源次郎さんの持ち物のような気がした。

「父の遺品を整理していたら、出てきたんです。私、父がこんな手帳を持っていたことも、日記をつけていたことも、知りませんでした。日記を読んだので、あなたと父のことはだいたいわかっているつもりです」

「どうして、亡くなったんですか?」

「心筋梗塞でした。雨の日、ふらりと帰ってきて、疲れたから早めに休むと言って部屋に戻って、そのまま。気づいたのは翌朝でした。隣の部屋で寝ていた私がわからなかったので、ほとんど苦しみはなかったと思います」

「私の、せい、かもしれない。あの日、私、源次郎さんと一緒に文学館にいったんです。私、源次郎さんに酷いことをした。きっと、無理して一人で帰ったんだ。だから」

「いいえ、あなたのせいではありませんよ。それどころか、父は、あなたに感謝していました」

「でも、あの日、源次郎さんは、なんだか様子がおかしかった。私が、もっと気を遣っていれば」

「それは、もう自分の体が長くないことに気づいていたからじゃないかと思います。昔から、勘の鋭い人でしたから。だから、あなたに、無理なお願いをしたと思うんです」

最後に会った日のことを思い出す。

どこかで死を悟っていたから、だから、いつもと様子が違ったんだろうか。あの目ヂカラは、自分の死さえも見通してたんだろうか。

でも、どうして急に文学館に連れていって欲しいなんて言ったんだろう。どうして、猫の絵本のことを悪く言ったら、あんな風に怒ったんだろう。

考えても、わからないことばかりだった。

「父は、もうずいぶん前から、認知症になっていたんです」

恵子さんが、私の知らない源次郎さんのことを教えてくれる。

「……え。でも、ここで、私と話してるときはしっかりしてましたよ」

「認知症といっても、まだ軽度で、物忘れが激しくなったり、久しぶりに会う人のことを覚えてなかったりする程度でした。ここ数年はとくに、部屋でぼうっとしていることが多くなりましたけど、付き添って介護が必要なほどではありませんでしたので」

そこで、初めて会ったときにずぶ濡れで歩いてきたこと、その後もときどき見せた、どこか虚ろで遠くを見るような目のことを思い出す。

「でも、雨の日だけは違ったんです。普段はぼうっとしてるのに、何年も前から、雨の日になるときっちりと他所《よそ》行きの服を着て、杖を持って出かけていました。心配でこっそりついていったこともあったんですが、ここに来て、じっと長い間、座っているだけでした」

「私に会うよりずっと前から、雨の日になると、源次郎さんは公園に来てたんですね。あの日が初めてじゃなかったんだ」

恵子さんが頷いてくれる。

雨の日に、この展望台で会ったのは偶然じゃなかった。この場所が、私たちを引き合わせたんだ。

「ここは、母との思い出の場所なんですよ」

懐かしむような声で教えてくれる。母、ということは源次郎さんの奥さんのことだ。どんな人か、想像もつかない。

「母は、もう二十年以上前、私がまだ小さいころに亡くなりました。父は仕事一筋の人で、休みは月に数日だけで、あとはずっと働きづめでした。私も、家族でどこかに旅行にいったような記憶はほとんどありません」

源次郎さんの目ヂカラを、仕事の話をしたときに感じた凄みを思い出す。私が会っていたのは、無愛想だけど優しいお爺さんだったけど、現役のころは、よっぽど厳しくて頑固な職人だったのだろう。

「父は鳶職でした。だから、仕事が休みになるのは、ほとんど雨の日だったんです。急に休みになるものだから、あらかじめ予定して出かけることなんてできなくて、二人で公園に来て、ここからどんどん変わっていく横浜の街を見つめていたそうです。母は本を読むのが好きな人だったので、文学館ができてからは、よく通ったと言ってましたね。私も、幼い頃に、連れていってもらった記憶があります」

だから、雨の日だったんだ。雨の日の展望台にいつもいたんだ。最後の日に、文学館にもう一度いきたいと願ったんだ。

若いころの源次郎さんと、会ったこともない奥さんが、二人並んでこの場所に座っている光景を想像した。きっと、ベイブリッジもマリンタワーもまだなかっただろう。山下公園もあんなに綺麗じゃなかったかもしれない。残ってるのは赤レンガ倉庫くらいかも。展望台に屋根がなくて、二人で一つの傘を差していたかもしれない。二人は手を繋いでいただろうか。それとも、古風に人前では手も繋がなかったんだろうか。

認知症の人が、どのようにものを考えているのか、もちろん私にわかるわけがない。でも、源次郎さんには、この場所が特別であることははっきりとわかっていた。そして、本人の意志なのか、思い出に導かれていたのか、この場所に惹かれるように通い詰めていた。

ここで、あの虚ろな遠い目をして、いったいなにを考えていたんだろう。

雨に濡れた横浜港は、源次郎さんにどんな風に映っていたんだろう。

「父は、きっと、後悔していたんだと思います。母と一緒の時間をあまり作れなかったことを。母を、色んな場所に連れていってあげられなかったことを」

いつか、源次郎さんが、すごく後悔をしていることがある、と話していたのを思い出す。きっと、このことだったんだ。

恵子さんは、そっと、手に持っていた手帳を差し出してくれた。

「読みますか？」

「いいんですか」

「はい。そのために、私は、今日、ここに来たんです」

手帳を受け取る。

そっと開く。

毎日のスケジュールを書き込む場所に、日記が書かれていた。

綺麗な字だった。

書かれている文章の量は、日によってまちまちだった。

なにも書かれていない日もあれば、ひどく眠い、暑い日だった、など一言だけ書かれている日もある。親戚や孫が遊びに来た日には、備忘録もかねていたのか、会った人の名前や容姿について記されていた。

そして、私と会った雨の日には、びっしりと文章が書かれていた。

それはただの日記じゃなかった。


今日、千枝子《ちえこ》に会った。いや、彼女のような娘だった。

千枝子と初めて出会ったころのように、つまらない悩みを抱えていた。

私はこの場所であの子に会えたことを幸運に思う。忘れていた時間を思い出した。この場所を訪れるたびに、後悔ばかりだった。苦労ばかりをさせた。もっといろいろなところに連れていってやりたかった。でも、今日だけは違った。あの子の手助けができたのであれば、千枝子も天国で喜んでくれるのではないか。

それが、初めて会った日の日記だった。

「……あの、千枝子さん、というのは？」

「母の名前です」

やっぱり、そうか。

ページをめくり、次の雨の日を探す。

今日も千枝子に会った。

千枝子は大学生活のことで悩んでいた。

今の私は、あの子になにもしてやれない。だが、千枝子はいつも笑っていた。だから、せめて、笑っていて欲しいと思う。だから、あの日、君に言った言葉を、今の君にも伝える。先にいった天国の千枝子もそうしろと言っている。

不思議な文章だった。

源次郎さんの日記の中では、私と千枝子さんが、所々でごっちゃになっていた。それもただ勘違いしているわけじゃなく、若い日の千枝子さんがタイムスリップして今の源次郎さんの前に現れたような、それを天国の千枝子さんに報告しているような、不思議な感覚だった。その傾向は、日が経つにつれてどんどん強くなっていく。

「父は、あなたと話しながら、きっと、母との時間をなぞっていたんですよ」

恵子さんは、少しだけ申し訳なさそうに言った。きっと、私が死んだ奥さんと重なって見られていた、という事実に気を悪くするかも、と考えたんだろう。

でも、少しも嫌な感じはしなかった。

それに、違うと思った。源次郎さんは、私と話すときは、私を私として認識してくれていた。たぶん、私と千枝子さんがごっちゃになるのは、思い出しながら日記を書くときだったんじゃないかと思う。その日の記憶と何十年も前の記憶が重なって、この日記になったんだ。

本当に、目の前の私と千枝子さんが重なって見えていたのは、最後の、あの瞬間だけだ。

た。

「あの、恵子さん。『スイッチョねこ』という絵本、知ってますか？」

最後の日、文学館で、源次郎さんが取り乱したきっかけを思い出す。

それは『スイッチョねこ』という可愛らしい絵本を、私が悪く言ったのが原因だった。

恵子さんは、ほんの一瞬、驚いた顔をする。そして、優しい笑みを浮かべた。

「あら、懐かしい名前ですね。母が、大好きな絵本だったんですよ。子供のころ、よく読み聞かせてもらいました。猫の絵が可愛らしくて、文章も美しくて、私も大好きな絵本でした」

……やっぱり。

きっと、千枝子さんが大好きなものを、私が否定したから、源次郎さんの頭の中で変化が起きたんだ。たぶん、日記を書いているときの源次郎さんと、私と話をしているときの源次郎さんが、スイッチを切り替えるように入れ替わった。

だから、あんなに動揺していたんだ。だから、あんなに取り乱したんだ。

あの日の言葉を、強く反省した。

きっと、私の言葉は、源次郎さんを深く傷つけただろう。

そこで、はっと気づく。

手帳をめくる。あの日に、日記が残されていないか知りたかった。

でも、最後の日に、日記はなかった。

代わりに書かれていたのは、他の誰でもない、私へのメッセージだった。

長谷川果歩さんへ
今日、私は君を傷つけたかもしれない。すまない。
それから、千枝子とのことを思い出させてくれて、今までありがとう。
今日、君は自分のことをこう言った。お喋りが上手だと。確かにそうかもしれない。君と話していると退屈しなかった。だが、人を和ませると言ったのは考え直した方がいい。君のようなかしましい娘と一緒にいて心が和むことなどない。

……なんだ、それ。

思わず笑ってしまう。それは、私が知っている、源次郎さんがいかにも口にしそうな言葉だった。

メッセージには続きがある。

代わりに、私から一つ付け足させてくれ。君は、誰よりも優しい。君は私の目に力があると言った。だが、君の瞳には誰かを理解しようとするひた向きさがあった。それは、力なんかよりもずっと尊いことだ。周りからどう思われようと気にするな。大切なことは自分の中にある。私が保証する。君は、素敵な女性になる。胸を張って、生きてください。

私の中で、音がした。

卵をくしゃっと潰したように、ぶ厚い殻が壊れる。その中に閉じ込められていた心は、ボールの中に落ちた卵の黄身のように自由な形になっていた。ぶ厚い殻はきっと、横浜の街に来てから膨らみ続け、私の心を覆い尽くしていたコンプレックスだったんだろう。

水沢さんたちと仲良くなってからも、私はまだ、自分が彼女たちとは違うっていう感覚を捨てきれずにいた。フランス人形への憧れを持ち続けていた。

でも、そんなこと、考えなくてよかったんだ。

恵子さんの優しい声が、聞こえる。

「最後の日、父が眠る前に、私にこう言ったんですよ。千枝子は幸せだったのだな、って。たぶん、あなたと話していて、忘れていた昔のことを思い出したんでしょう。当たり前のこと……母が、どこにも旅行になんかいけなくたって、雨の日にこの公園に来ることくらいしかできなくたって、父と一緒にいて幸せだった、そんな当たり前のことに、今さら、気づいたんでしょう」

涙が、溢れてきた。

止まらなくなった。

あの日の後悔だとか、残された言葉への感謝だとか、もう会えないことの寂しさとか、恵子さんの優しさとか、会ったこともない千枝子さんの気持ちとか、なんだか、色んな人の感情が心の中に雪崩《なだ》れ込んできて、もう、誰のための涙なのかもわからないけれど、泣き続けた。

「あなたは、父が言った通り、本当に優しいんですね」

恵子さんはそう言いながら、手帳の中の、私へのメッセージが書かれたページを丁寧に破って渡してくれた。それから、黒猫のジジの傘を差し出して、深々と頭を下げる。

「この傘、長いあいだ貸していただいて、ありがとうございました。父は、あなたに会えて救われたんだと思います。本当に、ありがとうございました」

恵子さんが立ち去ってからも、展望台に座って、しばらく泣き続けていた。

やっと涙が止まったころには、雨は止んでいた。

近づいてくる夏が、梅雨の季節とは違う、プールの後の教室みたいにむっと湧き立つような雨上がりの空気を作り出す。

雲の隙間から、日の光が差し込んでくる。細長い光は、宝石を繋げたような幾筋もの線となって横浜の街に降り注ぐ。澄んだ空気が、丘からの眺めをいつもより鮮やかにする。

晴れた日の横浜港も、綺麗じゃないか、と思った。そして、いつか、この街の夜景も見に来たいと思った。源次郎さんと千枝子さんのように、誰かと一緒に。

仲の良さそうなカップルがベンチに近づいてくる。

二本になった傘を手に取って、席を立った。

ふと思い立って、ばさりと久しぶりに戻ってきたジジの傘を開く。

雨上がりの、明るい日差しが降り注ぐイギリス山を、雨傘を差して歩いた。いつものように早足で。でも、いつもと違って顔を上げて。

展望台のカップルが、私のことを不思議そうに見ている。ローズガーデンを散歩していた親子連れが、私の方を振り向いてちょっと笑う。

でも、気にしなかった。

いつか源次郎さんが、私の親切に応える、と言ってそうしたように。

私も、あの人への感謝を、なにかで示したかった。

まだ、私が何者なのかはわからない。でも、何者だとしても、周りの目に流されず、余計な自意識なんかに振り回されず、堂々と胸を張って生きていこうと思った。

私らしく。雨上がりに傘を差すように。

自作自演のミルフィーユ

白河三兎《しらかわみと》

2009年、『プールの底に眠る』で、第42回メフィスト賞を受賞しデビュー。2012年、『おすすめ文庫王国2013』（本の雑誌社）にて、『私を知らないで』がオリジナル文庫大賞のベスト1に選ばれる。デビュー2作目の『角のないケシゴムは嘘を消せない』（後に『ケシゴムは嘘を消せない』に改題）で、いち早くその才能に注目した文芸評論家の北上次郎氏より激賞される。本名は「上も下も日本人には馴染みのある名」で、「同姓同名の人にこれまでに4人出会ったことがある」とのこと。（Y）

「せっかくなんだから、ファミレスじゃなくても良かったんじゃないか？　明日は非番だったよな？」と俺はメニュー表を眺めながら言う。

妻が『ここにしよう』と選んだのだが、夫婦での外食は滅多にないことだから、高い店でゆったりとディナーを摂っても罰は当たらない。

妻と外食をするのはいつ以来だろうか？　すぐには思い出せない。一年以上は前だ。そもそも家でも一緒に食事することがほとんどない。結婚して七年、擦れ違いの生活がずっと続いている。

俺は遅くても二十時には帰宅できるが、看護師の妻は三交代制の勤務シフトのため、俺と生活のリズムが合うことは少ない。せめて規則的な交代制であれば、『火・金はごみ出し曜日』のようなリズムを生活に刻んで、夫婦の時間を作ることができたのだが。しかし『命を扱う仕事』に文句は言えない。それが夫婦のルールだ。

「話し易い店が良かったの」と妻は素っ気なく言う。

頭の中に疑問符が浮かぶ。帰宅すると『今夜は一緒に外で食べよう』と妻に誘われたのだが、わざわざ外で妻が話したいことってなんだ？　でもすぐに思い当たった。妻が聞いてほしい話題は一つしかない。病院だ。

「話は聞くけど、病院の話は食後にしてくれ」と釘を刺し、低カロリーのメニューを探す。

きっと担当の患者が亡くなったのだろう。心持ちいつもより表情が冴えない。妻は死人が出ると塞ぎ込む。結婚したての頃は、親身になって慰めていたが、今では片手間に聞いているだけだ。大抵、パソコンでオンラインゲームをしながら、気のない相槌を打っていた。

不謹慎ながら、繰り返し聞かされて飽きてしまったのだ。俺にとっては関わりのない話だ。『患者』と書かれた紙袋を頭に被せた人が死んだに過ぎない。死因がなんであろうが結果は一緒だ。死んだらお終い。見ず知らずの俺が関わることは永久に不可能だ。

共感し合える看護師仲間と嘆き合えれば良いのだが、妻の周囲には『患者とは距離を置いた方がいい』『いい加減、慣れなよ』『看護師を志した時から覚悟していたことでしょ』とドライな人しかいない。

だから妻は俺に愚痴る他ない。赤べこのように首を振ることしかできない俺でも、辛い胸の内を誰にも話せないよりはマシなのだ。でも今日はしっかりと聞いてほしいようだ。家の中だと俺が『ながら聞き』をするから、外へ連れ出した。

親しく接していた患者が亡くなったのかもしれない。あるいは『医者の不養生』のようなことが同僚の身に起こったのか？　煩わしいが腰を据えて聞くしかない。

ただし、食事中は勘弁してほしい。職業柄、妻は食事しながら手術や下の世話のことなどを平然と口にできるが、俺は食欲が失せてしまう。病気や死に対してまるで免疫がない。

妻がメニューに目を通し終えると、俺は呼び出しボタンを押してウェイトレスを呼び、薬膳カレーのセットを注文した。妻はシーフードドリアのセット。

食事が運ばれてくるまでの間、俺たちは無言だった。会話の乏しい夫婦になって久しいから、何を話したらいいのかわからない。特に話したいことも、訊きたいこともない。

隣のテーブルでは十歳くらいの女の子が楽しげに両親と会話している。俺と妻の間にも子供がいればあんなふうに笑って食事ができるのだろうか？

いや、子供がいないことを理由にするのは狡いな。結婚する前は、意識することなく会話していたじゃないか。恋人だった頃はどんな話をしていたっけ？

大した実のある話をしていた覚えはない。テレビや友達や日常で起こった些細なことだ。でも俺は自分のことを全て理解されたくて口を開き、相手の全てを知りたくて聞き耳を立てた。

なんであの頃のように話せないんだ？　妻のことは嫌いじゃないのだが……たぶん『妻のことは好きなのに』と思わないのが原因なのだろう。『嫌いじゃない』程度の好意しか抱いていないから、関心が向かない。

やっと料理がテーブルに置かれると、妻はスプーンでドリアをほぐし始める。妻の癖だ。カレーでもかき氷でもなんでも、ビビンバみたいにして最初にぐちゃぐちゃにかき混ぜる。

何度か『汚いな』と注意したことがあったが、直らないので今では放っておいている。見なければいいことだ。俺は顔を伏せ、カレーを口に運ぶ。

「あなた、今、恋をしてるでしょ？」

スプーンを持った俺の手が止まる。

「ああ。最近、年甲斐もなくアイドルにハマってさ。今度、コンサートに行ってもいいか？」と顔を上げずに言った。

自然に切り返せた気がする。変な間は空かなかったし、声に動揺は表れなかった。

「はぐらかさないで。してるんでしょ？」

語尾に付いていたのは限りなく感嘆符に近い疑問符だ。俺が恋にうつつを抜かしている証拠を押さえているのか？

俺は口にカレーを頬張って時間を稼ぐ。咀嚼しながら、情報の出所を考える。どこから漏れた？　俺は誰にも喋ってないから、バレるわけがない。

「なんのことだ？」と俺は口の中が収まるとすっ惚ける。

「私を馬鹿にしないで。気付かないとでも思っているの？」と強い口調で言う。

「何か誤解してないか？」

「男が何も知らない女の子を可愛く思えることは理解している。頼ってくる子を手取り足取りエスコートするのが楽しかったんでしょ？」

何も知らない女の子って……頼ってくる子って千晶《ちあき》か？　妻が言っているのは、千晶との浮気のことか？　でもどこで知り得た？　二人だけの秘密にしている。

親しい友達のいない千晶には悩み相談をする相手はいない。また、あの子は略奪したいほど俺に夢中ではないから、千晶が自ら妻にリークした線はないだろう。じゃ、どこから？　誰が？

「怒らないから、正直に話して」

「そう言う女って必ず怒るんだよな」と茶化して話を逸らそうと試みる。「彼女にそう言われて素直に白状したら、酷い目に遭った男を三人知っている。一人目は……」

「好きな子がいるんでしょ？」と淀みのない声で凄む。

妻は決定的な証拠を摑んでいる。そう思わせる迫力があった。軽口では言い逃れできないストイックさを感じる。食事場所を二十四時間営業のファミレスにしたのは、時間無制限で問い詰めるつもりだからだ。

明日、妻は非番だから徹夜で俺を尋問しても仕事に支障はない。日頃から妻は『看護師は体力勝負だから』と体調管理に気を配っている。無理して俺の生活リズムに合わせることはない。

結婚当初は『今は若手だから、夜勤を多く入れられちゃうのは仕方ないの。一、二年だけ我慢して』と言っていたが、一緒にいられる時間が増えた現在でも、擦れ違い生活は好転していない。『若い頃のように疲れがすぐに取れないから、休養できる時はしっかり休まないと』と妻は自室に籠っている。

仕事優先の妻は今日のために用意周到に計画を練っていたのだ。我を忘れて質問攻めしてきたのなら、まだ可愛げがあったものを。腹いせに徹夜で黙秘を貫きたかったが、生憎今夜はしなければならないことがある。

時間稼ぎをしても自分の首を絞めるだけだから、正直に順序立てて話すべきか？　証拠を出される前に自白すれば、少しは心証が良くなる。しらばくれようとし続けたら、怒りが湧いてくるおそれがある。

いや、女の言う『怒らないから』を当てにするのは危険だ。妻が鎌をかけている可能性がゼロになったわけではない。俺が若い子と触れ合う機会の多い仕事をしているから、当てずっぽうで『何も知らない女の子』『頼ってくる子』と言ったのかもしれない。

しかし妻が『これでも惚けていられる？』と証拠を提示したら、情状酌量の余地はない。クソ！　どこから漏れた？　妻は興信所にでも頼んだのか？　三下り半を突き付けるついでに慰謝料をふんだくろうって魂胆か？　そんな強《したた》かな女じゃないと思っていたが……心の中で『あっ！』と思い出す。

一ヵ月ほど前、千晶が『田嶋《たじま》さんが私たちの関係を怪しんでいるっぽい。私の勘違いかもしれないけど、しばらくは田嶋さんを刺激しない方がいい』と言っていた。

でも俺は常に自分のことしか考えない自己中心的な『タージ』こと田嶋春《はる》に鋭い観察眼があるとは思えなかった。俺と千晶は露見しないよう細心の注意を払っていたから、タージのような自分の足元しか見ていない奴に見抜けるわけがない。

そう高を括って『千晶は心配性だな』と片付けていた。ただ、俺とタージは敵対関係にあるので、念のために『刺激しない方がいい』には従った。

俺は私立大学の生協職員で、タージは千晶と共に法律を専攻している学生なのだが、彼女は毎日のように『ご意見箱』に生協への要望書を投稿する。置いて欲しいお菓子や本。食堂でホットココアの通年販売。里親を募集中の犬や猫の施設の設置。避妊具と事後避妊薬の販売。その他色々。

タージは要望書だけでは飽き足らず、口頭でもクレームを寄せる。俺を見つけると、すっ飛んできて『この間、要望したことはどうなりました？』『改革へ向けて進展していますか？』『なんでフランス語が必修なのに、フランス文学の本が少ないんですか？』『うまい棒のコーンポタージュ味を置いていないのは変です。ポタージュがフランス語でスープという意味なのを知らないんですか？』などと詰め寄る。保守派の俺としてはいい迷惑だ。

タージは俺が一向に改革に乗り出さずに、むしろ足を引っ張るような行為をしていることや、自分が邪険に扱われていることで少なからず反感を抱いている。

もし浮気の証拠を握ったら、何をしでかすかわからない。だからここ一ヵ月は丁重に接することを心掛けていたのだが、タージが俺への仕返しに妻に告げ口をした可能性はある。

「うちの大学に田嶋っていう浮いている女子がいるんだ。授業でフランス語を齧《かじ》ったせいでかぶれちゃってさ、『生協の売り場にフランスの物を置け』って文句を言ってくるんだよ」と手探りで妻の反応を窺う。「田嶋には虚言癖もあって、あることないことを吹聴するから、周りから煙たがられているんだけど……」

「そんなこと言ってないで、打ち明けて」と妻は痺れを切らしたように語気を強めた。「絶対に怒ったりはしないから、正直に言って。私はあなたの本当の気持ちを知りたいだけ。それだけなの」

妻の言葉には信頼し得る潔癖さが込められていた。俺を断罪することが目的ではないようだ。きっとその先を見据えているのだろう。それなら俺も心して真摯に妻と向き合うべきか？

平謝りして言い逃れすることも可能だ。『魔が差したんだ。他人の言うことよりも、俺を信じてくれ。酔った勢いで一度だけ。本当に一度だけなんだ』と嘘を押し通すのはそう難しくない。

でも俺は腹を決めた。いつかは告白しなければ、と思っていたことだ。この際だから全てを頭から尻尾まで順を追って正直に打ち明けよう。先ずは、千晶のことから。

考えようによっては、妻に心構えができているのは幸いなことだ。一度きりの火遊びならまだしも、節操のない不貞を唐突にカミングアウトされたら、妻は狼狽して最後までまともに聞けなかっただろう。

「初めはただの親切心だった。困っていたから、放っておけなくて。如何わしい気持ちはなかったんだ」

「うん」と妻は柔らかく受け止める。

「そうしたら、相手の優しさに絆《ほだ》されてしまった。寂しかったんだ。看護師が人生を捧げるに値する仕事だってことは理解している。おまえのことを『立派だ』と誇らしく思っている。でも俺の存在が軽んじられているような気がして、寂しかった」

「確かに私は夫婦生活を疎かにし過ぎていた。あなたのことを蔑《ないがし》ろにしていた私にも非がある。女子らしさも怠っていたし。だから伴侶の気持ちが移ろうのは、夫婦の責任だと思う」

気味が悪いほど寛容だ。自らの行いを省みて心を入れ替えたのだろう、と思える人間だったら俺は良き夫になれた。不誠実な人間は不誠実な考え方しかできない。俺は『妻も浮気しているんじゃ？』と邪推した。『お互いに愛人がいるなら、いいでしょ？』と離婚を切り出す気なのかもしれない。

そうだとしても仕方がない。お互い様だ。これは良い機会なのだ。夫婦の関係を白紙にして新たなスタートを切るきっかけになる。

「おまえのことが嫌いになったわけじゃないんだ。ちょうど寂しさに耐えかねた時に、たまたま手頃な子が近くにいただけなんだ」

「手頃？」と食いついた妻の表情は険しくなっていた。

「言葉は悪いけど、摘まみ食いし易そうな、摘まみ食いされても騒がなさそうな子だったから、つい手を出してしまった」と必死に弁解する。「本当に単なる火遊びから始まった関係なんだよ。手頃そうな女だったら、誰でも構わなかった。容姿や年齢なんかはどうでも良かった。たまたま近くにいただけなんだ」

最低なことをした自分を貶めるのには抵抗はない。でも妻に『夫は若い子に熱を上げた』とは思わせたくない。『女は若い方がいい』という風潮は三十代に入ったばかりの女性には受け入れ難いから。

妻は『まだ若い』と思っている節がある。未だにキャラ物のTシャツを着ているし、さっきも自分のことを『女子』と呼んだ。二十代の気分が抜けていないようだ。

「容姿と年齢がどうしたって？」と妻は気に掛ける。

浮気相手の見た目や歳に敵対心を向けるのは女の性なのだろう。

「大して可愛い子じゃないし、若いと言っても、いつも学生を目にしているせいもあって、特別視するような……」

「何を言っているの？　若いって誰が？」と妻は声を荒らげて俺の言葉を遮った。

話が食い違ったことに頭が混乱した。妻は千晶のことをまるで知らないのか？　一体どういうことだ？　でも自分が墓穴を掘ったことだけはわかった。勇み足だ。

「いや……」と口が滞る。

どこを探しても退路はない。崖っぷちだ。

「ひょっとして、あなた、学生に手を出したの？」と烈火の如く怒る。「その子を呼び出して！」

「ここに？　呼び出して何をするつもりだ？」と俺は肝を冷やす。

「来てから考える！」と怒鳴ってから、言葉を区切ってドスを利かせる。「だから、今、すぐに、ここへ、呼んで！」

こんなにまで感情を顕《あらわ》にしている妻を見るのは初めてだ。『怒らないって言ったじゃん』と揚げ足を取れる空気ではない。

「早く、携帯を出して！」と妻がテーブルを叩くと、店内の視線が俺たちに集まった。

晒し者だ。『店に迷惑がかかるから、家で話そう』とも言えない。そんなことを言っても火に油を注ぐようなものだ。『世間に顔向けできないことをしたのは、あなたでしょ！』と責め立てられるのが明白だ。

だから俺は大人しく従い、携帯電話をポケットから取り出す。こうなっては後戻りできない。俺の気持ちを明確にし、洗いざらい告白しよう。一度は腹を決めたことだ。妻とはなんらかの食い違いが生じたが、俺の覚悟に変わりはない。

千晶といつまでも未来のない関係を続けるわけにはいかないし、今後の夫婦関係について話し合いが必要な時期だ。白黒はっきりさせた方がお互いのためになる。まだ一人になってもやり直しが利く年齢だ。

俺には妻と千晶に対して責任を果たす義務がある。二人にどんなに罵られようが、泣き叫ばれようが、決断しなければならない。俺は幸せになりたい。身勝手極まりない俺が描く未来図には、一人の女性しかいない。如何なる障害があっても、俺は一緒に幸せになりたい人を選択するんだ。

固い決意に反して指が覚束《おぼつか》ない。覚悟の有無に拘わらず、やっぱり修羅場が怖いのだ。震える指で携帯電話を操作し、千晶へ電話をかける。電波が悪いのか、なかなか繋がらない。呼び出し音が鳴り出してからも、千晶は出ない。コール音がいつまでも続く。

しかしながら、不可解だ。浮気を大目に見ようとしていた妻が、なんで急に怒りだしたんだ？　俺から自白を引き出すために寛容ぶっていたのか？

夫が自分よりも十歳も離れた小娘に手を出したことに激昂したようだったが、『浮気相手はまだ恋愛経験の乏しい子でしょ？』というような訊き方をしたのだから、若い子は想定内だったはずじゃ？　てっきり千晶のことを知っているものとばかり思っていたのだが。

妻は女の勘が働いて千晶の影をぼんやりと察し、鎌をかけただけだったのかもしれない。あるいはタージから『あなたの夫は年下女と浮気しています！　問い詰めてみては？』とだけ伝えられてけしかけられた可能性もあるが、どちらにしても妻が『若い』に過剰に反応するのはおかしい。

想定していても、俺の口から直接聞かされて心が拒絶反応を起こしたのだろうか……ひょっとしたら、妻は……と考えていたところで、電話が繋がった。

千晶に事情を説明すると、すっかり慌てふためいて「行きたくありません」「電話で謝ります」「顔が見たいなら写メを送りますから」と喚き散らした。

元々、人見知りの激しい子だから無理もない。本妻と対面したら、萎縮して目を合わせられないだろう。まともに口が利けるかも怪しいくらいだ。でも押しに弱い子でもあるから、どうにかこうにか宥《なだ》め賺《すか》して「一時間くらいで行けると思う」と約束を取り付けた。

「一時間後に来るって」と妻に伝える。

「携帯と財布とキーケースをテーブルの真ん中に置いて」と感情を取り除いて言う。蛸の入っていないたこ焼きみたいな味気なさだった。でも俺の通話中に幾分気持ちが落ち着いたようだ。俺の持ち物を取り上げるのは、この場から逃がさないためだ。連絡手段とお金と鍵を没収されたら、俺はどこにも逃げることができない。

それから妻は音を立てずに黙々と冷めたドリアを口に運んだ。不気味な静けさだった。どっちに、どのタイミングで、どんな言葉を発したら効果的か考えているのだろう。一撃で急所を突けるよう音を立てずに包丁を研いでいるのだ。

俺も言葉を吟味する。修羅場を演劇の舞台と仮定し、演出家になったつもりでキャストのセリフを考える。自分がイニシアチブを取れば、妻や千晶のセリフの予測が付き易くなる。

俺が舞台の主役となって立ち回り、自分の思い描く結末へ導く。自作自演の舞台にするのだ。そのためには最初の発言が肝だ。妻と千晶の心を掌握することができる言葉を俺は模索した。

店内で俺たちのテーブルだけが異質な空気に包まれている。妻と初めて食事をした時も、重苦しい空気にガチガチになっていたが、あの緊張感は胸を熱くするものだった。そういえば、あの時もファミレスだったんだな、と思い出す。

出会いは九年前。U字溝に脱輪して困り果てている妻を、偶然通りかかった俺が助けたのが縁だった。「お礼にお茶でも」と裏返った声で誘われ、近くのファミレスで珈琲をご馳走になった。

互いに緊張していてたどたどしい会話しかできなかったが、珈琲を飲み干した後に『もう少し話したいな』と俺は思った。何か通じるものがあるような気がして、連絡先を交換しようか迷った。迷惑がるかな？　向こうは礼儀を尽くしただけで、俺が出しゃばった真似をしたら顔を引き攣《つ》らせるかもしれない。

でもその頃から『人間はみんな変わらない』が俺の信条だった。自分が好意を抱いている時は、相手も同じだ。きっと向こうも『これっきりで終わるのはもったいない』と思っているはずだ。俺は思い切って「もし良かったら」と切り出した。

俺が連絡先を訊いた時、妻はそれまで強張っていた頬を綻《ほころ》ばせて笑った。その笑顔は俺の胸を芯から熱くした。でも今は妻の顔も俺の胸も凍えている。月日はこの世にある様々なものを変えてしまう。

付き合ったばかりの頃は、妻と一緒にいるとあっという間に時間が経っていたけれど、今は時間の経過がとてつもなく遅い。三十二年の人生の中で、最も長く感じた一時間だった。俺は時間をかけておちょぼ口で薬膳カレーを胃袋に押し込み、『今か、今か』と待ち続けた。

しかし約束の一時間から十五分後に現れたのは、タージだった。俺に向けてウインクをすると、何食わぬ顔をして俺の隣の席に座り、「田嶋春です」と妻に挨拶した。

俺の口はしっかり閉じていたが、『開いた口が塞がらない』の状態だった。思わぬ敵襲に絶句してすぐには言葉が出ない。なんで天敵のタージがここに？

タージはウェイトレスから受け取ったメニュー表に視線を落としながら「どっちにするんですか？」と俺に訊く。

「は？『どっち』って？　俺はもう食べ終わった」

「どっちの女性にするんですか？」と物怖じせずに言い直す。

やっぱりこいつが漏洩元か。千晶は何かヘマをしてタージにバレてしまい、その心苦しさから俺に『田嶋さんに知られた』と明言できなかったのだろう。

浮気の証拠を握ったタージは俺への仕返しを行った。妻にリークし、千晶に友達ヅラして『言い触らしたりはしない。なんでも相談に乗るから、困ったことがあったらいつでも声をかけて』と伝えていたに違いない。そしてタージは動転した千晶から連絡を受けると、修羅場を特等席で観戦したくて、千晶に代わってこの場に来たのだ。

なんて性根が腐った奴なんだ。しかも突然やって来て二言目で結論を求めるとは。こいつには人間らしい感情がないのか？　そりゃ、みんなから嫌われているのも納得だ。千晶も表面上は当たり障りなくタージと付き合っているが、内心では疎ましく思っている。

「どっちですか？」とタージは言いあぐねている俺を急かす。

こいつは人の皮を被った悪魔だ。あどけない顔をしていながら、飄々と人を不幸にしていく。さっきのウインクは妻への宣戦布告のつもりだったのだろう。妻の目にも留まるよう大袈裟に片目を瞑《つむ》りやがった。

タージはテーブルの脇にあった伝票を手に取って俺たちが何を食べたのかチェックし、またメニュー表を睨む。『私は何にしようかな？』と頭を揺らす。それが他人に人生の重要な選択を迫った人間がする態度か？

「やっぱり相手は田嶋さんだったのね」と妻は俺の方を見て、『思った通り』という顔をする。

何が『やっぱり』だ？　さっきは学生だと知って目を丸くしていたくせに、さも初めから知っていたかのような口ぶりだった。でも強がりも女の性なのだろう。誰かから夫の浮気を告げ口されても、夫には『私を馬鹿にしないで。気付かないとでも思っているの？』と言わないと気が済まない生き物なのだ。

「いや、違うんだ。これは、その……」と俺は返答に窮する。

何を言い出すかわからないタージの前では、下手なことは言えない。本当に崖っぷちだ。もう半歩も下がれない状況に追い詰められている。でも逃げ道がないことで開き直れた。正面突破しか残されていないなら、破れかぶれでぶち当たるまでだ。元から逃げる気はなかった。俺は妻と目を合わせる。

「もうおまえとはやっていけない。ごめん。償いはきちんとする。でもその前に……」

釈明しかけたが「本当ですか！」とタージの上げた奇声に等しい声にかき消されてしまった。

「そう」と妻は静かに言って席を立つ。「慰謝料はここの代金だけでいい。これが最後の晩餐になるなら、ミシュランの三ツ星レストランにするべきだった」

上擦った声で言い終わると、妻は背を向けて足早に店を出て行く。呼び止める暇もなかった。負け惜しみの捨てゼリフを吐くのが精一杯の抵抗だったのだろうが、その強がりは充分に俺を尻込みさせた。

情けないことに、見え透いた言い訳をすることもできなかった。あっけない幕切れだ。二年の交際を経て結婚して七年、延べ九年間が『そう』の一言で終わった。

なぜか唐突に、妻から聞いた話を思い出した。いつ妻から聞かされたのか正確には覚えていない。また死んだ患者のことか、と聞き流していたからうろ覚えだ。二、三年前だったか？

患者を搬送中に救急車がパンクした。別の救急車を要請して患者を乗せ換えるのに手間取って、病院へ到着するのにおそろしく時間がかかった。でも足の骨を複雑骨折していた患者は文句を言うどころか「今日は厄日だな」と言って看護師たちを笑わせた。

そこまで聞いて俺は『なんだ、死んでないんだ』と更に興味が薄れたが、妻はその患者の寛容さを褒め称え続ける。動けなくなった救急車の中で待機している時も、車内の空気が重くなっていたから、その患者は盛んに救急隊員に話しかけた。

「どっかの会社がパンクしないタイヤを開発したって記事を読んだことがあるぞ。なんて社名だったかな。外国の会社だったんだけど……」

その患者はしばらく考え込んでから、冗談を言って救急隊員を笑わせた。惚けてわざと社名を言い間違えたのだ。それに対して救急隊員は正しい社名を言って突っ込み、車内に笑い声が響き渡った。

どんな冗談だったか聞き逃していた。いや、忘れてしまっただけか？　まあ、どちらにせよ、妻は美談として話しただけで、面白い冗談だったから俺に聞かせたわけじゃない。

なんでその話を思い出したのだろう？　もっと印象深い思い出があるだろうに。最近は会話もなく、擦れ違いの夫婦生活だったけれど、楽しいこともあった。時間をかけて記憶を掘り返せば、ちらほら浮かんでくる。後ろ髪を引かれる思い出もあった。でもどれもすっかり色褪せている。妻が亡くなっていない患者の話をした。その程度のイレギュラーが記憶に強く残るほど、希薄な結婚生活だったということか？

後悔の大波が押し寄せてくる。失った時間を取り戻したくなり、胸がきりきりと締め付けられる。でも妻のあとを追いかけることはできない。腕を摑んで引き止め、『やり直そう』とは言えない。そんなことをしても意味がないのだ。その場しのぎでしかない。いずれは妻をもっと傷付けることになる。

俺は手を伸ばしてテーブルの中央にある自分の持ち物を回収する。タージも立ち上がる。さすがにこんな奴でも『一人にさせてあげよう』くらいの情緒はあるのだろう。そう思ったのも束の間、タージはさっきまで妻が座っていた席へ移動した。

「見てわかると思いますが、今日の私はすっごく怒っています。見た目以上に怒り心頭なんですからね。女の敵は許せません。卑劣漢さんの謝罪を聞くまでは帰しませんから」

全然わからない。怒っているようにはまるで見えない。タージはいつも通りのぼんやりとした顔をしている。『卑劣漢』呼ばわりは甘んじて受けるが、はなから俺を許す気がないのに謝罪させるおまえは何様だ？

「どうして千晶じゃなくて田嶋が来たんだ？」

「困っている人がいたら、助けるのは当たり前です」と言ってから早口で話の方向を変える。「そんなことより、なんで奥さんを嫌いになったんですか？」

取って付けたような綺麗事を言って友達ヅラをするとは、厚顔な女だ。本当の目的は、俺と妻の仲を引き裂くためだったくせして。

タージに邪魔をされて俺はきちんと弁明することができなかった。妻に誤解を与えたまま関係を終わらせてしまった。でもタージは破局させただけでは飽き足らず、俺を断罪しようとしている。

虎視《こし》眈々《たんたん》と練っていた復讐計画だったのかもしれない。妻にリークして修羅場に発展するのを待ち侘び、密偵にした千晶からの連絡が来ると、友達の振りをして修羅場を掻き回す。タージは自分で台本を書き、自分で演じているのだ。

自作自演にも拘わらず惚けた顔をしやがって。沸々と怒りが込み上げてくる。ここは俺の舞台だったんだ。妻と千晶に釈明し、許しを請い、俺の選択を宣言する場にしようと決意していたのに、こいつは……。

「嫌いになったわけじゃない」と俺はどうにか気持ちを抑えて声を絞り出す。

「嫌いじゃないのに？」と首を傾げる。

二十歳そこそこの小娘には、浮気の動機が好き嫌いで括れないことが理解できないのだ。

「じゃ、若い子が好きなんですか？」とタージは質問を変える。

男は誰もが若い女に鼻の下を伸ばす、というのも単純な発想だ。

「千晶とも別れる。もちろん千晶にも誠心誠意償いをする」

どちらの関係も断つ。タージごときには想定できない選択肢だ。自分が書いた台本にない展開に面食らって意気消沈すると思いきや、驚かされたのは俺の方だった。タージが間を置かずに「二人の他に大事な人がいるんですね？」とあっさり見抜いたのだ。

「なんで……」と思わず言いかけてしまう。

後に続けようとした『わかったんだ？』は喉の奥へ呑み込めたが、激しく取り乱したのだから肯定したも同然だった。

「わかりますよ。卑劣漢さんは浮気をする人でなしなんですから、次の人を確保しない状態で二人と別れることはありません」と決めつけた。

どういう神経をしているんだ？　確かに俺は酷い男だけれど、よくもそこまで言い切れるものだ。おまえは聖人か？　こいつが鼻持ちならないのは常に無垢な顔をしているところだ。善人ヅラや知らない振りをしていれば、全てが罷り通ると思っているのか？

でも悔しいことに今回ばかりは事実だから、何一つ言い返せない。タージの独善的な思考も数撃てば当たる時があるのだろう。

「さぞかし第三の女さんは素敵な人なんでしょうね。卑劣漢さんを改心させたんですから」

「改心って？」

嫌味にしか聞こえない。変な呼称に『さん』を付ければ非礼が中和すると思っているのか？　それにタージに俺の何がわかる？　どこを見て『改心』を感じる？

「だって第三の女さんが狡い人だったら、卑劣漢さんも奥さんと狡い別れ方をしていたと思います。卑劣漢さんを潔くしたのは、第三の女さんですよね？　素敵な人なんでしょ？」とうっとりと目を細めて言う。

直にお目にかかりたい、と言わんばかりの顔付きだ。

「ああ」と俺は認める。「素敵な人だ」

「だからと言って、浮気をする男が最低最悪であることは揺るぎませんから」と今度は眉間に皺を寄せて睨み付ける。「他の人を好きになったら、その時点で一旦離婚するべきです」

本人は威圧しているつもりのようだが、俺を笑わそうと変な顔を作っているようにしか見えない。

「言い訳に聞こえると思うけど、妻とは別れようとしていたところ……」

「言い訳で結構です」と一方的に遮る。「元から私は卑劣漢さんの言い分を聞きに来たんです。第三の女さんは予定外でしたが。だからいっぱい言い訳してください。どういう経緯で二人の女性と浮気をすることになったのか、きっちり言い訳してください。でないと、本当に帰しませんよ」

千晶の親友ならともかくタージに白状する義理はない。真相を知ったら大学で言い触らすおそれがある。でも約束の時間が迫っている。何よりも大事な約束だ。俺は時間を惜しみ、タージに余すところなく話すことにした。

本当は誰かに聞いてほしかったのだろう。ずっと誰にも相談できないことだったから、人に知られて心を楽にしたい。そういう気持ちも俺の口を軽くさせた要因だった。

俺が暇つぶしにオンラインゲームを始めたのは、結婚して半年ほど経った頃だ。思い描いていた夫婦生活とはかけ離れていて、一人でいる時間を持て余していた。

それまで俺はどちらかと言えば、ゲームとは疎遠な方だった。小学生の頃は『周りの友達も持っているから』との理由で任天堂《にんてんどう》のポータブルゲームをやっていた。

でも中学に上がってからは『ゲーム制作者の敷いたレールの上を進まされているだけで、何も面白くない』と粋がって、ゲームから離れた。思春期を迎えて自分と友達を差別化したかったのだろう。

その後も友達の家に行った時くらいにしかゲームには触れていない。興味の向かないコンテンツだった。やらなくても生きていける。熱中している奴はアホだ。時間を無駄にしているだけ。ゲーマーに対してそう見下しているところもあった。その頃は自分がゲーム廃人になるとは、思いもしなかったのだ。

既婚者となった俺はＦＰＳ（ファーストパーソン・シューティングゲーム）と呼ばれる一人称視点のミリタリーゲームにどっぷり嵌まった。暇つぶしだったからどんなゲームでも良かったのだが、妻が一番嫌いそうなジャンルにした。『それの何が面白いの？』とケチをつけられるのをあえて狙ったのだ。

妻に『私が命を助ける仕事をしている間に、あなたは命を奪うゲームをしているなんて』と呆れてほしくて始めたＦＰＳ。俺は『ごめん、ごめん。もうやらないよ』と平謝りをしてすぐにゲームの世界から足を洗うつもりだった。戯れの会話がしたかっただけだった。

しかしどれほど待っても、妻が自分からゲームの話題を口にすることはなかった。

俺が何をしていても関心がないのだろう。あるいはゲームをしていれば相手をしないで済むから、妻には好都合だったのかもしれない。

妻は韓流ドラマの鑑賞を心の癒しにしている。暇さえあれば、ノートパソコンを開く。常に愛用のレッツノートを持ち歩き、仕事の休憩中や外食中に観ている。

俺は見事に拗ねた。『放置されるならいいや。文句を言われるまで、とことんゲームをやっていよう』と自棄《やけ》になってコントローラーを握り締め続けた。いつしか俺たちはパソコンと向き合う時間の方が長い夫婦になった。

FPSの世界に踏み入れる前にあった『人を撃ち殺して優越感に浸るゲームなんて不健全だ。ゲーム内で満たされる支配願望は虚しいだけ』という先入観はすぐに覆った。結果より過程が面白い。いかに効率よく敵の兵隊をいっぱい殺せるか？　常にそのことを考えてプレイする。

どの銃を装備するか？　戦局が悪いから一旦退却するか？　接近戦ではナイフを使うか手榴弾か？　突入する方角は？　残りの弾数は？　敵が潜んでいる場所は？　どこから撃たれているのか？

殺害方法を模索するのは褒められたことではないが、『考える』のは楽しい。将棋やオセロのようなターン制の『考える』とは異なり、シンキングタイムが短いから直感的な判断力が求められる。そこが醍醐味だ。

銃弾が飛び交う戦場では悠長に考えていられない。次々に選択を迫られて息つく暇がないのは刺激的だ。毎日が同じルーティンの繰り返しの日常では、味わえない快感がFPSにはある。

少しの判断の遅れで戦死することは少なくない。将棋は馬鹿でも時間をかければ良い手が思い付くこともあるが、秒単位で選択を迫られるFPSでは馬鹿が丸出しになる。判断ミスが瞬時に戦死という結果に現れるから、自分の馬鹿さ加減を痛感させられるのだ。

でも反省を繰り返していくうちに、正しい判断ができるようになる。失敗した経験が生かされ、やればやるほど上達していく。RPG（ロールプレイングゲーム）のような地道な作業がいらないのも魅力の一つだ。

RPGは弱い敵を倒して経験値を溜めてレベルアップしたり、ゲーム内で流通しているお金を貯めて強い武器を手に入れたりしなければ、ボスを倒せない。でもFPSは自分のプレイするキャラを強化するのではなく、プレイヤー自身の思考力と判断力、そして操作ミスをしない精神力を鍛えればクリアできる。

この歳になると自分が成長している手応えを感じることが少ない。だからコントローラー一つで『もう自分には伸び代がない』という閉塞感から脱却できるFPSは、画期的な発明と言っても過言ではない。現代人の癒しに貢献している。

「馬鹿馬鹿しい」と妻は俺の熱弁を軽くあしらった。

「一度でいいから、やってみろよ。面白さがわかるから。ゲームが不得意な人でもすぐに呑み込める」

何度か妻に勧めてみたが、反応はすこぶる悪かった。妻はゲームを毛嫌いしている。俺がゲームを中心に生活しているから、無理もない。こんな俺の言葉にはなんの説得力もないのだ。

気付いた時には依存症になっていた。『時間があれば』から『食べる時間、寝る時間を惜しんで』へ。仕事以外の時間は全てゲーム。ここ数年、俺はゲームのために生きていた。

妻との関係は惨憺《さんたん》たるものだ。必要に迫られた連絡事項以外には、会話らしい会話はない。『おはよう』や『ただいま』の挨拶もない。妻が自発的に口を開くのは、患者が死んだ時だけだ。俺は死んだようにじっとゲームをしながら、右の耳から左の耳へと聞き流す。

生真面目で怖がりの妻には看護師は向いていない。死者と正面から向き合おうとして死者に引き摺られる。数日はお通夜状態だ。家の中が陰気臭くて敵わない。どんな慰めの言葉をかけても「生協職員なんかに命に携わる看護師の気持ちはわからない」と言い返される。それで俺は口を噤《つぐ》むようになった。

妻が子供を作りたがらないのは、死んでしまうことを過剰に恐れているからだ。俺が「そんな簡単に死なないよ」と言っても、簡単に死んだ人をいっぱい見てきた妻の耳には届かなかった。

どうして一緒に暮らしているのか？　別れる理由がないからだ。楽しくもないがもうさほど辛くもない。あからさまに邪険にされないし、口煩《くちうるさ》い恐妻よりはずっと気楽だ。その上、嫌いではない。人としては好きな部類に入る。きっと向こうも同じことを思っているに違いない。同居人以上、夫婦未満。

でもこのままで良いわけはない。こんな生活をするために結婚したのではない。二人で支え合って幸せな家庭を築きたかった。妻が哀しみに打ちひしがれている時は、一晩中でも抱擁するつもりだった。笑顔を取り戻すまで慰め続ける気概があった。

時折、俺は思い出したように初心に返り、関係の修復を図ろうとしたが、いずれも空回りするだけで、妻は俺を少しも歯牙《しが》にかけなかった。『生協職員のくせに』の決まり文句を浴びせられると、俺は握っていた妻の手を離し、コントローラーへ手を伸ばす。その繰り返しだった。

何度目かの返り討ちにあって傷心している最中に、俺はコントローラーではなく妻以外の女の手を握った。半年くらい前のことだ。寂しさを千晶の体で埋め合わせた。短絡的な衝動だったが、無理やり服を脱がしたのではない。手を伸ばしてきたのは千晶の方だった。

その後も彼女との関係が続いたのだが、誘うのは決まって千晶からだ。俺は一度抱いてしまった手前、断り難かった。浮気は時間差で罪悪感に苛まれる行為であることを思い知ったから、続けたくはなかった。でも美味しいところを一齧りして逃げるのは忍びない。千晶を徒《いたず》らに傷付けたくなかったのだ。

一度関わった以上、千晶が患っている空虚さを癒さなければならない責任を感じていた。完全に癒せなくても、せめて紛らわすことくらいはしなくては、と。

きっと彼女も寂しいのだろう。千晶は華のキャンパスライフに憧れていたが、現実は哀れなほど理想に追いついていなかった。千晶は女になることで息苦しい現実を変えたかったのだと思う。俺が『少なからずこれで何かは変わるだろう』と期待したように。

しかし浮気をしても何も変わらなかった。『夫婦関係を壊したくない』とも、『若い子の方が良いな』とも思わなかった。千晶との関係はゲームと同じだ。接続している時は、目の前のことだけを考えていられる。余計なことは頭に入ってこない。一時的な快楽に過ぎなかった。

俺を変えたのは『三毛輪』だった。奇しくも、千晶と浮気をした日の深夜に、オンラインゲームの世界で知り合った。俺がここ数年で嵌まっているゲームには、五人でチームを組んで五対五で対戦するモードがある。ゲーム内に待合室があって、五人揃ったら参戦できるシステムだ。

待合室は何部屋もあり、番号が振られていて、知り合い同士で部屋を指定して待ち合わせるチームもあれば、見ず知らずの五人が集まる即席のチームもある。俺はいつも適当な部屋に飛び入りしていた。

三毛輪も一匹狼で「初心者ですけど、いいですか？」と入室してきた。その挨拶の仕方でど素人だと判明して先が思いやられた。『弱い者から狩る』はこのゲームの鉄則だ。

狩った分だけポイントが入り、ある一定のポイントが溜まるごとに自分のキャラの階級が上がっていく。難易度の高い殺し方で狩ると、高いポイントを与えられるので、棒立ちの初心者は格好の餌食だ。

だから初心者でも経験者ぶらないとならない。最初に舐められたらお終いだ。対戦チームの誰かが、俺たちの部屋の会話を見ていたら、真っ先に三毛輪が狙われる。また、自分のチーム内には知れ渡ったから、チームメイトは次からは敵になり、三毛輪が入ったチームと戦いたがる。ずっと付け狙われるのだ。

案の定、三毛輪の初陣は秒殺で終わった。背後から忍び寄ってきた敵に首をナイフで掻っ切られた。俺はその敵の頭をスナイパーライフルで撃ち抜いた。敵討ちではない。三毛輪を囮に使って待ち伏せていたのだ。戦場は狡くなくては生き残れない。

三毛輪はその後もカモにされっ放し。戦場に赤子を放り込むようなものだ。『そのうち嫌気が差して来なくなるだろう。ぬるいゲームの方へ行くはずだ』と思っていたが、三毛輪はめげずに参戦し続けてきた。週に一、二度くらいの頻度で現れる。ニートなのか、時間が不規則な仕事をしているのか、出没する曜日や時間帯はバラバラだった。

精力的に参加するものの、一向に上達しない三毛輪は、いつしか『最弱』という不名誉な認識が浸透し、除け者にされるようになった。まるで戦力にならない足手まといだから、誰も組みたがらない。

ある時、俺と三毛輪が二人で部屋に待機していたら、一時間近く誰も入室してこなかった。部屋の外から誰が入っているのかわかるシステムだから、他のプレイヤーは三毛輪を敬遠したのだ。

俺は仕方なく三毛輪と差し障りのないチャットをしながら、退出する適当な理由を探していた。すると「あの、プレイの仕方を教えてくれませんか？」と頼んできた。

面倒に思いながらも、みんなから虐められているようで可哀想に思っていたから、レクチャーしてあげることにした。二人でタッグを組んでAI（人工知能）の敵兵と戦うモードがある。五段階の難易度の選択もできるので、そっちなら誰にも迷惑をかけずに基礎を叩き込める。

週に一、二回ほど日時を指定して待ち合わせた。俺は三毛輪を護衛しつつ、先輩風を吹かせてプレイのノウハウを教える。倒すのが難しい敵は俺が仕留め、簡単な敵を三毛輪に撃たせた。敵兵を一掃する快感や達成感を味わって、このゲームを好きになってほしかった。妻と共有したかったことを、俺は三毛輪で擬似体験していた。

三毛輪は慣れてくると、世間話をしながらプレイできるようになった。三毛輪の読み方は『みけりん』で、始めた動機は「一緒に暮らしている男がこのゲームの世界に入り浸っていて、自分のことを見向きもしないのが癪なの。だからこっそり自分も参加して、上達してから男をとっちめたい」だった。

ど素人が無謀な挑戦をするものだ、と呆れたが微笑ましくもあった。そんなふうに妻もゲームに嫉妬してくれたらな。三毛輪の一途さに心が緩み、「羨ましいな」とつい零してしまった。その一言を皮切りに、俺は妻への愛情を拗《こじ》らせていることを話した。

ずっと誰かに聞いてほしかったのだ。でも恥ずかしくて友達にも相談できなかった。堰を切ったように妻への想いを吐露したが、浮気相手がいることは伏せた。どんな理由を列挙しても、女にとって浮気は軽蔑の対象だ。せっかくできた相談相手を失いたくない。

三毛輪とは不思議な縁を感じる。俺も三毛輪もパートナーのことを求めてゲームの世界に入った。二人とも報われない片割れだ。二組の男女を入れ替えれば、一組はうまくいくのだが。世の中は本当に理不尽にできている。

夫婦関係の悩みや愚痴の他にも、三毛輪とは色々なことを話した。取るに足らないことから『人生とは』のようなディープな話まで、時間を忘れてキーボードを叩く。三毛輪もざっくばらんになんでも話した。双方とも腹を割って話せる相手を求めていたのだ。

パソコンの画面上で会話を何百回、何千回と交わしていく中で、久しく使っていない感情が芽生え、忘れかけていた胸の疼きが俺を新しい世界へと誘う。ネットの線がどのような経路でどんなふうに繋がっているのかは知らない。でも三毛輪との縁は心の深い場所で結ばれていると確信した。

「それって恋ですね？」とタージは物知り顔で言う。

あたかも恋愛経験が豊富な美女のような気取り方だ。初心《うぶ》そうな見た目のこいつに彼氏がいるとは思えない。

「ああ。チャットで色々な話をしているうちに、理解し合いたいって思ったんだ。嘘っぽく聞こえるだろうけど、身辺整理して正式に交際を申し込もうと考えていた」

その矢先に、妻に千晶との浮気が発覚してしまった。タージが妻にリークしたか否かは真偽不明だが、限りなく黒に近い。こいつが来たせいで滅茶苦茶だ。

これ以上何を企んでいる？　離婚させて千晶とくっ付けるのが狙いではなさそうだ。そうかと言って、妻の味方でもない。上っ面の正義感を振り翳《かざ》して俺を『女の敵！』と断罪し、自己満足に浸りたいのか？

「でもその恋はまやかしです」と断言する。

「俺は本気だ」と自分も負けじと力を入れる。

　タージの目を睨み付けるようにして言ったが、タージは俺から顔を背けた。体をねじって口頭でウェイトレスを呼び、「苺とパイのミルフィーユ。あと、ホットココアもください」と追加注文する。すでに俺の話を聞きながらメカジキの照り焼き定食を平らげていた。

　食べ合わせや食事の作法に人の性格は表れる。デザートも『和』で揃えられたら、『案外、この子はしっかり者かも』と思えたのだが。やっぱりこいつはしっちゃかめっちゃかな奴なのだろう。

「卑劣漢さんが本気でも、その恋には実体がありません。妄想のようなものです」とタージは話を続ける。

「三毛輪はゲーム内のAIじゃない。ちゃんとこの世界に実在している」

「冷静になってください。傍から見たら、滑稽ですよ」とさらりと無遠慮な言葉を使う。

　弱みを握っているから上から言っているのではない。元から失礼な奴なのだ。

「何が滑稽なんだ？」

「どう見ても卑劣漢さんは騙されています。先程、私は『第三の女さん』と言いましたが撤回します。間違っていました」

「田嶋は三毛輪が素性を偽って俺を誑《たぶら》かしていると疑っているんだな？　チャット相手が『実は男だった』って話はよくあるもんな」

タージは何かを言いかけようと口を開くが、思い直して上唇を噛んだ。俺に先に男疑惑を言われて悔しいのかもしれないが、普通は下唇を噛むもんだろ。

「顔の見えない相手だから、白髪のババアだったり、不幸話で金銭を貢がせる詐欺師だったりすることもある。でもな、チャットでも育める信頼があるんだよ。それは当事者にしかわかり合えないことだ」

「卑劣漢さんって本当に馬鹿なんですね」

みんなから馬鹿にされているタージに言われると効果は絶大だ。こいつには人を不愉快にさせる天性の素質があるのだろう。でもここで『馬鹿のおまえには言われたくない』と言い返すのは大人気ない。

「こんな馬鹿男の目を覚まさせてくれたのが、三毛輪だ」と馬鹿を肯定的に受け入れた上で、自分の意見を通す。

三毛輪と知り合ってから、俺はゲームに依存しなくなった。ゲームをしているよりも三毛輪とチャットしているのが楽しくなり、三毛輪と待ち合わせて一緒にプレイする時以外はパソコンを開かなくなった。

ただし、妻が患者の話をする時は例外だ。手持ち無沙汰でどうして良いかわからなくて、ゲームの世界へ逃げる。俺は妻が纏っている死の空気が怖い。妻と一緒になって死を怖がる勇気さえない腰抜けなのだ。

「本当に馬鹿です。どうしようもない馬鹿男です」とタージは子供の喧嘩みたいに『馬鹿』を連呼する。「奥さんが可哀想すぎます。なんで気付かないんですか？」

「俺は騙されてなんかいない」

「騙されています」

「じゃ、三毛輪のどこが怪しい？　証拠を挙げてみろ」と俺も徐々にエキサイトしてきた。

顔が見えなくても、声が聞こえなくても、打ち込む文字に人柄が滲み出る。俺は三毛輪の文字に親しみを覚え、自然と愛情が込み上げてきた。もし彼女の容姿が世間的に不評な部類に入っていたとしても、何も問題ない。俺の愛は世間の価値観を超越しているのだ。

人が変わる時は内側からだ。愛が俺を真人間になろうと思い立たせた。小まめに部屋を掃除し、自分で調理したものを食べ、弛《たる》んだ体を引き締めるためにジョギングを始めた。そして日頃から髪型や服装や鼻毛などの身だしなみを気に掛け、着々と『外で会わないか？』と三毛輪を誘う準備を整えた。

次のボーナスが入ったら、『好きな人ができたから別れてくれ』と離婚を切り出す予定だった。貯蓄額が切りのいい数字になるから、それを全て慰謝料に充てようと考えていた。

「馬鹿だからって居直って訊かないでください。馬鹿でもわかることなんですから」

とタージは鼻息を荒くして捲《まく》し立てる。

「言い逃れか？　根拠がないのに三毛輪を悪く言うな。この際だから忠告するけど、田嶋は思い込みが強すぎる嫌いがある。少しは客観的に物事を見た方がいい」

「ちゃんと考えればわかることです。格好つけてダイエットカレーを食べている場合じゃないですよ」

タージは『カレー』をネイティブに発音した。『ダイエット』は普通だった。こいつが真剣なのか、からかっているのかわからない。

「なんで『カレー』だけ英語で発音したんだ？」と真意を訊ねる。

「英語じゃないです。フランス語です。どっちもスペルは同じですが、発音が異なります」

確かに発音が英語っぽくなかった。『カリィ』ではなく『キュリ』だった。でも英語でもフランス語でもどちらでもいい。わざわざ使った意図は？　俺がタージの生協への要望をことごとく無視したことへの当て付けか？

いや、と私情を挟まずに冷静に考えてみた。偉そうに忠告した立場上、客観的な思考を疎かにできない。もしかしてタージは馬鹿な俺にヒントを与えたのでは？　カロリーを気にしだした俺を妻はどう見ていた？

急に運動を始めたことを『もう歳だから健康が気になって』と妻に言い訳したが、思い返してみればバレバレの嘘だ。妻が『女がデキたのか？』と怪しんでも不思議ではない。元から妻は薄々勘付いていたのかもしれない。俺はタージに濡れ衣を着せていたのか？

「フランス語って面白いんですよ。英語以上に主語を大事にしていて、なんにでも主語を付けるんです。その上、主語が一人二役を演じているんです。例えば、『卑劣漢さんがうっかり忘れものをした』という文をフランス語にすると、主語が『卑劣漢さん』の場合と『うっかり』の場合の二通りがあります。『うっかりが卑劣漢さんに忘れものをさせた』という表現をフランス人は好むんです」

俺の不用意な発言がタージのフランスかぶれに火を点けてしまった。タージは饒舌に不必要な情報を俺に詰め込もうとする。

「いいですか？　大事なことなので二回言いますよ。フランス語では、主語が一人二役なんです。わかりまし……」と得意げに説明していたが、デザートが運ばれてきたので、にわかフランス語講座は中断した。

タージは早速ミルフィーユにフォークを突き刺し、ナイフを使わずに噛り付く。そして念入りにホットココアに息を吹きかけてから一口飲んだ。

「ちなみに、ミルフィーユもフランス語で、本来は『千枚ぐらいのいっぱいの葉っぱ』という意味です。でも日本語のまま『ミルフィーユ』と発音すると、フランス人には『たくさんの女の子』という意味の言葉に聞こえるんですよ」とまたフランス語講座を始める。

女の敵である俺への嫌味か？　意地悪したいがためにミルフィーユを頼んだとしたら、相当なタマだが、たぶん違う。計算ではない。精々、『フランスかぶれキャラを作るのをうっかり忘れて和食を頼んじゃった。デザートからはキャラを徹底しよう』という程度の邪《よこしま》さしかタージは持ち合わせていないだろう。

俺はタージの食事の邪魔をしないよう黙って食べ終わるのを待っていた。メカジキの定食を食べている時は、俺の話をそっちのけで食事に夢中だったからだ。ちゃんと聞いていたのかいささか疑問だ。

ただの食いしん坊か、二つのことを同時にできない不器用者か？　どちらかはわからないが、間違いなくお調子者だ。俺が口出ししないのをいいことに、タージのフランスかぶれがエスカレートしていった。

「そうそう。『エッフェル塔が嫌いな人はエッフェル塔へ行け』という諺を知っていますか？　エッフェル塔が完成した当初は、街の景観を損ねると感じるアンチがいっぱいいたんですよ。それで……」

「知っているよ」と知ったかぶりをして、蘊蓄《うんちく》をストップさせる。

食事しながら話してもいいけれど、口の中を見せることはやめてほしい。

「そうですか。それなら安心です」

何が安心なんだ？　教訓めいた諺なのか？　日本で言うところの『心頭滅却すれば火もまた涼し』なら、嫌いでもエッフェル塔に登っているうちに好きになる、ということになるが……兎にも角にも、食べ終わるのを待っていても、無駄話を聞かされるだけだ。話を本筋に戻して再開しよう。

「恋に恋しているだけ、と言われたら強く否定はできない。田嶋が指摘したように周りや自分が見えていない部分もある。でも俺と三毛輪には互いにしか通じ合えないものがあるんだ。運命を感じる。笑いたければ笑えばいい。俺は三毛輪に出会うために生まれてきた。そう確信できる相手に俺は巡り合えたんだ」

「奥さんと結婚した時もそう思いましたよね？」と痛いところを突いてくる。

「今度は本物だ。骨董品の収集家は誰しも偽物を摑まされて、本物を見る目を養う。それと同じだ」

妻を『偽物』呼ばわりするのは後ろめたかったが、タージを言い負かさないことにはここから脱出できない。

「三毛輪さんは偽者ですよ」

タージは『は』を強調した。あえて『三毛輪さんも』と『も』を使わなかったことから、タージは『奥さんは本物ですよ』と妻に肩入れしている。仕返しに離婚させようとして陰で糸を引いていたのではなさそうだ。タージを突き動かしているのは純粋な正義感か？

「本物だ。さっきも言ったけど、当事者にしかわからないことなんだ」

「どうして当事者にはわかるんですか？」

「シンパシーを感じ合う者同士では、相手は自分の心を映す鏡になる。自分が思っていることは相手も思っている」

「そんなのは……」と間髪を容れずに嚙み付いてくる。

きっと『こじつけ』や『独りよがり』と非難しようとしたのだろう。でも俺は強引に「田嶋だって好きな男とは同じ気持ちを共有しているだろ？」と言葉を被せる。

「はい」と途端に顔が惚気《のろけ》た。

こいつに彼氏がいるかどうかは不明だが、意中の人はいるようだ。それなら乙女心を刺激して、そこを突破口にできる。

「反対に俺と田嶋は相容れない部分があるから、気持ちが擦れ違う。俺たちはわかり合えないんだから、これ以上話しても無駄だ。共通の言語を持ち合わせていないようなものだ」

わからず屋のタージに呑み込めるよう彼氏と俺を引き合いに出した。これで納得せざるを得ないはずだ。

「うーん」と悩ましげな声を出す。

タージのなんとも言えない渋い顔を見て、『リークした犯人はタージではないな』と思えた。確信に近いものを感じた。

「そういえば」と何気ない調子で訊いてみる。「千晶に頼まれてここに来たのか？」

「愚問です。目配せに気付かなかったんですか？」

「ひょっとして、あのウインクって『代役で来たから、口裏を合わせて』って合図だったのか？」

「当たり前じゃないですか。他に何があるんですか？」

「田嶋……」と言葉に詰まる。

そういう合図ならもっとさり気なくやれよ。妻に気付かれたら元も子もない。間違いなく妻は挑発と受け取っただろう。それに千晶の振りをするなら『田嶋春』って名乗るな。妻が千晶の名前を知っていたら、一言目でバレていた。

「何か不服ですか？」と目を尖らせる。「友達から涙ながらに懇願されて、引き受けない人なんていません。大体、卑劣漢さんは代役を選り好みできる立場じゃないんですからね」

ケチをつけようとしたのではない。俺が思い込みでタージに着せていた濡れ衣を晴らそうとしたのだ。それなのにタージは早合点して敵意を向けた。やっぱり相容れない相手だ。

でもタージは友達のために怒れる人間だ。千晶は代役をタージに押し付けただけかもしれないし、千晶がタージを友達と思っているのか怪しいけれど、タージは積極的に人に悪意を向ける奴ではなさそうだ。

ただ単に自分の尺度でしか周囲を計れない不器用な人間なのだ。これまで近くに根気強く『それは間違っているよ』と諭す人がいなかったのだろう。ある意味では可哀想な奴だ。

　変人扱いしないで真正面から向き合ってみれば、いい部分も見えてくる。今日、こうやって顔を突き合わせて話してみて、タージの人となりがわかった。やっぱり人と人は話してみないと相手のことがわからない。

「そんなにムキになるなよ」と俺は宥める。「さっきも言ったように、俺たちは相容れないんだから、このまま話し続けてもぶつかり合うだけだ。ここは一旦お開きにして、今後時間をかけて理解を深めていくのが建設的じゃないか？」

　膨大な時間をかければ、タージとも理解し合える日が来るかもしれない。でも俺にはそんな気は更々ない。この場をやり過ごすための出任せだ。

「何を悠長なことを言っているんですか！」と俺の思惑とは裏腹に更にヒートアップする。「時間をかけるのは無駄です。本当に、馬鹿に付ける薬って本当にないんですね」

　また誤解を招く発言だ。タージの個性を認めて『悪気はないんだろうな』と思って聞く分には微笑ましい。たぶん悪気はない。

「馬鹿は死ななきゃ治らないんだよ」と試しに言ってみる。

「だからって死んだら駄目ですよ！　絶対に！」と声を張り上げたから、タージは店内の視線を一人占めにした。

園児がそのまま大きくなったみたいな奴だ。幼稚園で教わるような綺麗事が言動の指針になっている。だから『命を粗末にしちゃ駄目！』と俺を叱った。今日一番の怒りだった。

「わかった」と聞き分けよく返事する。

「わかれば宜しいです」と安心して怒らせていた肩を下げる。

「でも俺は馬鹿だから、考えるのに時間が要る。家に帰って一人でじっくり考えたいんだけど、どうかな？」と提案してみる。

タージは顎に手を当て目線を下げる。しばらく苦悶の表情を浮かべて考え込む。

「静かな場所じゃないと気が散るんだ。熟考するには落ち着いた環境が必要だろ？」と俺は畳み掛ける。

「三毛輪さんの魂胆を見抜くまで今夜は寝ない、と誓えますか？」

世の中は本当にうまくいかない。俺がタージを『こいつは白だな』と善人扱いしても、タージは三毛輪を『悪人だ』と譲らない。

「誓う」と俺はできる限りの重みのある声を出して空返事した。

「いいでしょう」と許可する。「命を懸けないつもりの一生懸命で頑張ってください」

変な言い回しだけれど、タージなりの優しさなのだ。

「ところでさ、田嶋は命の重さをどう捉えている？　例えば、彼氏が親しい人を亡くして落ち込んでいる時に、田嶋ならどうする？」

「もちろん元気づけます。『私が死んだ時は誰よりも哀しんでください。でないと、嫉妬して化けて出てきちゃいますよ』って」

「それって脅しじゃないか」と指摘する。

「そうですか？」と無垢な顔を傾げる。「一番に哀しめるように良い思い出をいっぱい作ればいいだけなんですから、簡単なことですよ。だって私たちは生きているんだもの」

思わず噴き出す。タージの単純さに笑わずにはいられなかった。『いつまでもくよくよしていると、私も死んじゃうよ』という励まし方は自分本位だ。でもタージはある意味では正しい。俺たちはまだ生きている。生きているうちが華だ。

妻が死者の方へ引っ張られた時、俺は無理やりでもこっちに引き戻せば良かった。命の重さなど看護師でない俺なんかにはわからないが、それでも妻の手を離すべきではなかった。『いつか俺たちも死んじゃうけど、それまで精一杯一緒に生きよう』とエゴを押し付けることは、そんなに難しいことではなかったはずだ。

俺は死に慄いていて難しく捉え過ぎていた。タージみたいに単純に考え、妻の顔を生者の方へ向けさせる努力をし続けていれば、もっと違った夫婦関係を築けたのかもしれない。しかし全ては後の祭りだ。

「ここは俺が持つよ。もう遅いから帰りな」

「本当ですか！　ご馳走様でした！」と現金な声を響かせる。

どうにか切り抜けられた。今夜は三毛輪とゲームをする予定が入っている。まだ時間があるから、ここで気持ちを整えてから家へ帰ろう。今夜、交際を申し込む。

「でも奢ってもらえるなら、三ツ星レストランにしておけば良かった。レッドガイドの」とタージは妻のセリフを真似る。

生まれ付き余計な一言が口を衝いて出てしまうのだろう。『ご馳走様でした』で留めていられれば、無駄なトラブルを回避できるのに。でも『レッドガイド』ってなんだ？

訊いてみると、「フランスのタイヤメーカーが出版しているレストランのガイドブックのことです。ちなみに『グリーンガイド』は観光版です」と薀蓄を垂れられた。

タージのこういうところが嫌われる一因だ。妻のようにみんなの馴染みのある『ミシュラン』と言えばいいものを……。

「あっ！」と俺は声を上げると同時に立ち上がった。

「私が立て替えておきますよ」とタージは俺の焦燥感を察して申し出る。「もう一杯ホットココアを飲んでから帰りたいですし」

俺は一秒でも早く家に帰りたかった。レジで会計をする時間も惜しい。タージは『三毛輪』の話を聞いた時から全てを見透かし、俺をアシストし続けていたのだ。俺は本当に馬鹿野郎だ。

「頼む」と言って店を飛び出した。

何故、妻が亡くなっていない患者の話をしたのか？　そしてどうして俺は突然そのことを思い出したのか？　妻の捨てゼリフ『ミシュランの三ツ星レストランにするべきだった』が記憶を刺激したからだ。でも愚鈍な俺は何が記憶に引っかかったのかわからず、思い出そうとしなかった。

パンクして動けなくなった救急車の中で患者は、「どっかの会社がパンクしないタイヤを開発したって記事を読んだことがあるぞ。なんて社名だったかな。外国の会社だったんだけど……」としばらく溜めを作ってから「そうそう。確か、ミケリンだ」

と惚けた。そして救急隊員は「ミシュランじゃないですか?」と突っ込んで笑い合った。

タージのおかげで俺は思い出すことができた。俺と妻を結び付けたU字溝に嵌まったタイヤもミシュラン製だった。俺は『こりゃ、見事に脱輪したな』と状況を確認した時に、タイヤに刻まれた『MICHELIN』のロゴを目にしていた。

たぶんタージは『MICHELIN』を間違って発音したことがあるのだろう。それで俺から『三毛輪』の話を聞いてすぐにピンときた。妻が去り際に吐いた捨てゼリフと結び付いた。あれは妻からの最後のメッセージだったのだ。

タージが言ったエッフェル塔の諺は、『灯台下暗し』だった。巨大な建造物に目と鼻の先まで接近すると、その全体像は見えない。アンチはエッフェル塔の真下にいれば、外観を見ないで済む。『近すぎると見えないものもある』とタージは不器用なりに俺に気付かせようとした。

タージが遠回しに伝えたのは、妻の気持ちを酌んだからだ。俺が他人に教えてもらって気付けたとしても、それは妻の本意ではない。妻は『なんだ、おまえだったのか』と俺が見破ることを待ち望んでいた。

でも辛抱できなくて自分からモーションをかけた。いや、勇気を振り絞って自分から踏み出したのだ。臆病な心を震わせてファミレスへ誘った。ぐちゃぐちゃにかき混ぜたシーフードドリアのように期待と不安を綯い交ぜにして、全てを一変させる言葉を待っていた。それにも拘わらず、俺は……。

なんで俺は気付かなかった？　妻が生きている患者の話をすることなんてなかったじゃないか。俺に『そう言えば、おまえが乗っていた車のタイヤも』と思い出してほしかった。思い出話に花を咲かせて、互いに置き去りにしていた気持ちを取り戻そうとしたのだ。

自分の馬鹿さ加減にうんざりする。妻は俺にずっとサインを送っていた。注意深く振り返れば、妻があの手この手で俺の気を引こうとしていたことに気付く。妻も何かを変えようともがき苦しんでいたのだ。

それなのに俺は『自分だけが』と妻の心情に目を向けるのを怠っていた。妻だって『そんなに韓流ドラマって面白いのか？』と興味を持たれたがっていたはずだ。何故、俺は『一緒に観ていい？』と歩み寄らなかった？

妻も俺と同じ気持ちだった。自分が思っていることは妻も思っている。本心は寂しくて堪らない。相手に寄り添いたい。でもうまく歯車が嚙み合わずに空回りを繰り返す。そして拗ねて相手に背中を向けてしまう。

それでも妻は俺と繋がろうと手を伸ばした。右も左もわからないオンラインゲームの世界に飛び込み、『三毛輪』となって俺と心を通わせようとした。

俺が三毛輪に夢中になり、『運命の人』と確信したのは、妻だったからだ。激しい恋に落ち、巡り合えた偶然に感謝し、一生添い遂げることを誓った相手に、俺はもう一度恋をしていたのだ。三毛輪に運命を感じたのは至極当然の心の動きだったのだが、俺はなんて愚か者なんだ！

俺が日頃から妻の話にきちんと耳を傾けていれば、捨てゼリフを吐いた時にその場で妻の意図に到ることができた。いや、妻がゲーム内で『三毛輪』と名乗った時点で見破ることが可能だった。気付けなかったのは、妻のことをなおざりにしていたからに他ならない。弁解の余地はない。

こんな俺を妻は許してくれるだろうか？　わからない。もう愛想を尽かして家を出て行く準備をしていても驚きはしない。俺から『初心に戻ってやり直そう』という言葉を引き出そうとしたら、若い子と浮気していたことが発覚した。カウンターパンチは妻を撃沈した。受けたダメージと不信感は大きい。

それでも俺は謝ろう。泣き付いてでも許しを請おう。もう体裁は繕わない。妻が呆れ返るほどの言い訳を並べ、千晶とタージに全責任を押し付け、『もう一度だけチャンスをくれ』と虫がいい話を持ち掛けるのだ。

みっともなくていい。同情で繋ぎ止められるなら、それでもいい。どんな手を使ってでも妻を失いたくない。その気持ちだけは届けたい。

一刻も早く届けたくて妻のいる自宅をがむしゃらに目指している。髪を振り乱し、手足を千切れんばかりに大きく振って、淡い闇に包まれた夜道を駆け抜ける。

解説

吉田伸子（書評家）

本書は、日本推理作家協会編『ザ・ベストミステリーズ 推理小説年鑑』の2015年度版を二分冊し『ミステリー傑作選』としたものの一冊である。ご存知の方も多いとは思うが、念のため『推理小説年鑑』について、最初に触れておこう。

まず、本書の編を担っている日本推理作家協会は、昭和22年に発足した日本探偵作家クラブを前身に持つ。クラブの初代会長は江戸川乱歩。まだまだ戦後の混乱期にあった当時、いち早くそのクラブを立ち上げ、日本ミステリー界の礎を築いた乱歩の志を今に継いでいるのが、日本推理作家協会なのだ。現在は、ミステリーの新人賞としては最高峰である江戸川乱歩賞の選出、日本推理作家協会賞・長編および連作短編集部門、短編部門、評論その他の部門、それぞれの選出も協会の仕事である。『推理小説年鑑』は、その短編部門の最終候補作選出と同時に、予選委員によって、その年を代表すると認められた作品を編んだものなのだ。

当該年に発表された日本ミステリーの短編の、優れた作品をさらに選りすぐったものであるからして、そのクオリティは推して知るべし。どの一編をとっても、ミステリーの面白さ、奥深さを味わっていただけると思う。さらに、本書を読み終えた方ならお分かりになると思うのだが、本書には隠れたテーマがある。では、そのテーマとは何なのか？　個々の収録作品を紹介しつつ、その謎を解いていこうと思う。

芦沢央《あしざわよう》さんは2012年『罪の余白』で第3回野性時代フロンティア文学賞を受賞してデビュー。この「許されようとは思いません」は、2015年の推理作家協会賞の最終候補にも挙げられた作品である。

交際を始めてから六年になる諒一と水絵。お互いに「結婚」の二文字がチラついてはいるし、諒一にとって水絵は「明るくて聡明で気遣いができ、しかもこの私を好きだと言ってくれるなんて奇跡のような存在」だと思っているし、彼女を逃せば、自分が結婚できることはないだろうとさえ思っているのだが、諒一には結婚に踏み切れない理由があった。それは、「私の祖母が殺人犯だったから」だ。

この衝撃的な事実は、ごく最初の方で明かされる。そして、二人は件《くだん》の祖母のお骨を埋葬するために、諒一の実家に向かっていることも。物語はここから、諒一の祖母が犯した「罪」とその理由を明らかにしていく。末期の癌でモルヒネを服用していたため、意識が混乱すると勝手に用水路の門を開放してしまい、同じ村の人に迷惑をかけていた曾祖父。けれど、村人たちの怒りは、当の曾祖父へではなく、祖母に向けられた。何故なら、その村で生まれ育った曾祖父と違い、祖母は村の外から嫁いできた「よそ者」だったからだ。

この〝村〟の閉鎖性——現代に至っても尚残る「村八分」「村十分」——がベースになって、物語の後半に効いてくる。祖母が罪を犯した理由を解き明かしたのは、諒一ではなく水絵で、そのことで諒一のなかでわだかまっていたものがほどけるラストが絶妙だ。

実は私は、協会賞の短編部門の予選委員の末席にいるのだが、この時の二次選考会——最終候補作を選出するための選考会——では、この短編の謎と謎解きの鮮やかさ、短編としての完成度が高く評価され、満場一致で最終候補作に挙げたことを、今でも覚えている。

歌野晶午《うたのしょうご》さんは、1988年、島田荘司氏の推薦を受けた『長い家の殺人』でデビュー。2003年に刊行された『葉桜の季節に君を想うということ』で、翌年、協会賞の長編および連作短編集部門と、本格ミステリ大賞をダブルで受賞された。歌野さんといえば、そのトリッキーな作風で知られているが、この「散る花、咲く花」も同様。

治と美由紀は、父・辰雄の見舞いに通っている。糖尿病の治療のための入院だったのだが、あちこちに異状をきたしていて退院の目処《めど》がつかない状況。入院前から出ていた認知症の症状は、ゆっくりと悪化している。この短編の「謎」は、見舞いのたびに二人が持参する花が〝消失〟すること。傷んで捨てられたわけではない。ならば、何故、誰が、どんな理由で？　というのが本短編の肝《きも》なのだが、そこにもう一つ、ラスト近くで明かされる〝事実〟が加わることで、さらに深みが増す。歌野さんの長編は、そのオチで〝全てが！になる〟のが最大の持ち味なのだが、その持ち味は本短編でも存分に味わえる。

堀燐太郎《ほりりんたろう》さんは、「ドールズ密室ハウス」の主人公・〝おもちゃ探偵〟物集修《もずめおさむ》シリーズをまとめた『ジグソー失踪パズル』が２０１４年に刊行された。

ＣＭ撮影のために必要な小道具を集めてくるフリーの雑貨スタイリストである修は、馴染《なじ》みのＣＭディレクターからドールズハウス探しを依頼され、武蔵野市吉祥寺にある長医邸を訪れる。そこには、八畳間の洋室空間いっぱいに、当の長医邸そのものを縮小した、まるで美術品のようなドールズハウスがあった。事件はそのドールズハウスのある部屋で起こる。修を出迎えてくれた、長医邸に暮らす庸子。その姉・陶子が、密室状態となっていたその部屋で殺害されたのだ。果たして、犯人は？

本短編は、ミステリそのものもさることながら、修と庸子、二人のドラマが読ませる。加えて、ドールズハウスの縮小率が十二分の一を基準としている（単位のもとがインチなので）とか、小林礫斎《れきさい》という超ミニチュアを制作する職人さんがいたことと か、英国のクイーン・メアリーのドールズハウスの図書室に収められている豆本の執筆には実作家があたっていた、等々、知らなかった知識を得られるのも楽しい。余韻を残す切ないラストもいい。本作も「許されようとは思いません」同様、２０１５年の推理作家協会賞の最終候補となった作品である。

東野圭吾《ひがしのけいご》さんは、もはや説明不要な感もある、現在日本ミステリー界を牽引する作家の一人。かつて、一方的に別れを告げられた恋人から、十年ぶりに連絡があり、呼び出されたレストランに出向いた売れっ子作家。焼けぼっくいに再び火を付ける気満々で望んだ彼女との会食は、やがて作家が思いもかけないほうに転がっていく。張られていた伏線の数々が、あたかもオセロの石のようにぱたり、ぱたりと回収されていくその鮮やかさを、ご堪能あれ。

瀬那《せな》和章《かずあき》さんは２００７年、「異界ノスタルジア」で第14回電撃小説大賞銀賞を受賞、翌年同作を改題した『under 異界ノスタルジア』でデビュー。本書は2014年に刊行された『雪には雪のなりたい白さがある』に収録されている一編で、横浜の港の見える丘公園を舞台に、雨の日にだけ展望台に現れる老人の〝謎〟と、その老人に出会った、地方出身で自分に自信が持てない女子大生のドラマが描かれている。物語が進むつれ、田舎者の自分を卑下していた女子大生が、徐々に自分らしさを取り戻していく過程に、胸の奥が暖かくなると同時に、老人の〝謎〟が明らかになったその時、しみじみと優しい気持ちになるのがたまらない。

白河三兎《しらかわみと》さんは2009年、第42回メフィスト賞を受賞した『プールの底に眠る』でデビュー。その一癖も二癖もあるトリッキーな作風は、書評子をはじめ、ファンからも強く支持されている。物語は、主人公が、外食先のファミレスで、妻から「あなた、今、恋をしてるでしょ?」と切り出されるところから始まる。結婚して七年、すれ違いこそ続いていたが、表面上は波風立てずにやって来たつもりだったが……。こうやって書いてしまうと、そのどこがミステリーなんだ? と思われそうだが、そこはそれ、白河さんですからね、ちゃんと〝謎〟も〝謎解き〟もある。ただ、白河さんの物語だからこそ、これ以上は書けないというか、書くことで読み手の興を削ぐことになってはいけないので、自粛。

さてさて、ここで冒頭の「隠れたテーマ」に話を戻す。答えは「愛」でした。「謎」の裏側に隠された、様々な「愛」の形があり、それが本書を貫いているのである。年鑑収録作品選出にあたっては、ただただ「ミステリーとしての完成度の高さ」を基準にしているので、それらの中から、共通のテーマを見つけて一冊に編んだ編集部のセンスに、はっとさせられる。そして気づくのだ。本書を編んだ編集部にもまた、ミステリーへの「愛」が充ちているのだということに。

本書は、二〇一五年五月に小社より刊行された
『ザ・ベストミステリーズ２０１５』を、
文庫化に際し二分冊したものです。

Propose《プロポーズ》 告白《こくはく》は突然《とつぜん》に　ミステリー傑作選《けっさくせん》

日本推理作家協会《にほんすいりさっかきょうかい》 編《へん》

講談社文庫

定価はカバーに
表示してあります

2018年5月15日第1刷発行

発行者――渡瀬昌彦
発行所――株式会社　講談社
東京都文京区音羽2-12-21　〒112-8001
電話　出版（03）5395-3510
　　　販売（03）5395-5817
　　　業務（03）5395-3615

Printed in Japan

デザイン――菊地信義
本文データ制作―講談社デジタル製作
カバー・表紙印刷―大日本印刷株式会社
本文印刷・製本―株式会社講談社

ISBN978-4-06-293900-3

講談社文庫刊行の辞

二十一世紀の到来を目睫に望みながら、われわれはいま、人類史上かつて例を見ない巨大な転換期をむかえようとしている。

世界も、日本も、激動の予兆に対する期待とおののきを内に蔵して、未知の時代に歩み入ろうとしている。このときにあたり、創業の人野間清治の「ナショナル・エデュケイター」への志を現代に甦らせようと意図して、われわれはここに古今の文芸作品はいうまでもなく、ひろく人文・社会・自然の諸科学から東西の名著を網羅する、新しい綜合文庫の発刊を決意した。

激動の転換期はまた断絶の時代である。われわれは戦後二十五年間の出版文化のありかたへの深い反省をこめて、この断絶の時代にあえて人間的な持続を求めようとする。いたずらに浮薄な商業主義のあだ花を追い求めることなく、長期にわたって良書に生命をあたえようとつとめるところにしか、今後の出版文化の真の繁栄はあり得ないと信じるからである。

同時にわれわれはこの綜合文庫の刊行を通じて、人文・社会・自然の諸科学が、結局人間の学にほかならないことを立証しようと願っている。かつて知識とは、「汝自身を知る」ことにつきていた。現代社会の瑣末な情報の氾濫のなかから、力強い知識の源泉を掘り起し、技術文明のただなかに、生きた人間の姿を復活させること。それこそわれわれの切なる希求である。

われわれは権威に盲従せず、俗流に媚びることなく、渾然一体となって日本の「草の根」をかたちづくる若く新しい世代の人々に、心をこめてこの新しい綜合文庫をおくり届けたい。それは知識の泉であるとともに感受性のふるさとであり、もっとも有機的に組織され、社会に開かれた万人のための大学をめざしている。大方の支援と協力を衷心より切望してやまない。

一九七一年七月

野間省一